目次

contents

第1章　黒下着の女と美少年……7
第2章　最高級の生贄……45
第3章　暗闇のステージ……69
第4章　地獄のドライオーガズム……114
第5章　屈辱のロストバージン……151
第6章　衆人環視のダブル絶頂……189
第7章　イキ果てるアイドル……223

女体化変態絶頂 闇のイキ果てアイドル

第一章　黒下着の女と美少年

十六歳の高校二年生になる史佳（ふみよし）は学校終わりに、東京の中心部にある繁華街を制服のまま歩いていた。

「あ……史乃（ふみの）」

紺のブレザーにネクタイ、グレーのズボン姿の史佳は立ち止まって、ビルの壁面に張られた大きなポスターを見た。

最近、人気急上昇中のアイドルグループGGのニューシングル告知のポスターで、学校の黒板三枚分はあるような巨大なものだ。

チェックのスカートから黒い太腿の途中までのストッキングを穿いた十人の美少女が横並びで笑顔をこちらに向けている。

史佳だけではなく、何人もの人々が立ち止まってスマートフォンで撮影したりしていた。

（今回もセンターか）

ポスターの中央で微笑む、メンバーの中でもとくに際立った美少女である太田（おおた）史乃は史佳の実の妹だ。

歳はひとつ下の高校一年生。幼いころから女優になりたいという夢を叶えるため、その最初のステップとしてアイドルグループに入った。

母は三年前に他界していて、父は報道系のカメラマンとして世界を飛び回る仕事をしている。

親戚が預かろうかと申し出てくれたりもしたが、兄妹で暮らしていく道を選んだ。

（がんばれ、史乃……）

料理が趣味の史乃がごはんを作り、他は中学生だった史佳が引き受けて家事をこなしてきた。

いまでも兄妹二人で支え合って生活をしている。そんな妹がアイドルデビューし瞬（また）く間に人気者となったことに兄としては鼻高々だった。

「似てますね、ふーちゃんに」

そんな思いでポスターを見つめていると、そばに立って撮影していた男性が話しかけてきた。

ふーちゃんとはグループでの史乃のニックネームだ。「史」という文字が二人の名に入っているのは音楽家だった母方の曾祖父からもらったものだ。

史乃はともかく史佳はちょっと古くさいかもしれないが、それでも気に入っていた。

「そうですか？　言われたことはないですけど」

少しとぼけた感じで史佳は答えた。確かに間違えられても仕方がないくらいに史佳と史乃はよく似ている。

史佳は同年代の男子が年ごろになって体格がよくなっていくなか、身長も百六十センチで、肩周りなどもずいぶんと華奢だ。

そのうえ声も高いほうなので、史佳はふだんからよく女子に間違えられることもあった。

「お兄さんかと思いましたよ」

史乃に兄がいることはプロフィールなどで公開されている。ただ男性の目線はずっと壁面のポスターに向けられていて、しつこく聞いてくることはない。

「いやあ、こんな可愛い妹がいたら最高ですけどね」

彼が粘着質なタイプでないことに少しほっとしながら、史佳もポスターを見あげた。

史乃は性格も優しく、まさに最高の妹だ。父親からお金はきちんと送られてくるが、遊びたい盛りに家事をさせられても文句のひとつも言わない。

(絶対に僕が力にならなきゃ)

女優への夢の階段を駆けあがっていく妹の力にならねばと、史佳は男性に会釈して再び歩きだした。

自宅は郊外にあるのだが、学校が終わったあとに都心まで史佳がやってきたのは、もちろん用事があってのことだ。

実は史乃の所属する事務所の社長であり、グループの主催者でもある中島絵麻（なかじまえま）に呼び出されたのだ。

大都会の真ん中にある白いビルのワンフロアすべてが事務所のスペースらしい。その入口にも史乃たちのパネルがあった。

受付の女性に通されて応接室のソファに座っていると、絵麻が現れた。

「ごめんなさいね。わざわざ来てもらって」

絵麻の年齢は見た目からはわからないが、切れ長の瞳をした美熟女で、友人の母などにもいないタイプだ。

社長というだけあって迫力があり。スーツを着ていても目立つ胸元の膨らみや、赤い口紅が塗られた厚めの唇を見ると、高校生の史佳にとっては別世界の人間に思えた。

「いえ、あの、お電話でも聞きましたが、ほんとうにそんな話が」

緊張に飲まれそうだが、萎みそうになる心を奮い立たせて史佳は向かい合わせのソファに座った絵麻を見た。

今日の用件については絵麻から直接電話をもらって聞いていた。

「枕営業なんて……」

昨日の電話で女社長が告げたのは、史乃に対して芸能界の大物と言われる人々から一夜をともに、要はセックスをさせろという要望があるというのだ。

まだ史乃は十五歳。史佳が知る限りはバージンのはずだ。その初体験も含めて史乃を抱かせろと言っている男性が数人もいるらしい。

そのすべてがテレビ界や映画界に影響を持つ人物だというのだ。

「そう、ただもちろんだけど強制的に連れてこいっていっている人はひとりもいないわ。さすがにそれに対しては私も馬鹿なことを言わないでくれって言うから」

絵麻も困った様子で、「ただ断った場合、史乃の女優になりたいという夢の足枷になるだろう」と付け加えた。

「名前は言えないけど、映画界に力を持っている人もいるから、将来的に主演とかは無理になるかも……」

絵麻が言うには主役というのは映画の中心なので、監督やプロデューサーの意見だけで決められない場合が多い。横槍が入ることも多く、いわゆる力のある人間がバックアップに入っているとそれだけ有利だというのだ。

「そんな……」

才能や実力以外に大人の思惑で決まってしまう。十六歳の史佳にとって聞きたくない話だ。真面目で努力家の妹にはもっとだろう。

「女優志望なのにアイドル活動も一生懸命だし、私もどうにかしてあげたいけど、ごめんなさい、力及ばずで……はっきり史乃にはそんなことさせませんと言えなかったの」

史乃の夢は最初から女優だったのだが、父親の知り合いで芸能関係の仕事が多いカメラマンの勧めでアイドルグループに入った。

そこをステップにして顔を売って女優への道を歩めばどうかと。もちろんそれは絵麻も最初から知っていて史乃を採用したのだ。

その夢に向かって日々懸命にがんばる史乃に申し訳ないと、絵麻は頭を下げた。

「そんな……どうにかならないのですか……あまりに理不尽です」

太腿の上で拳を握りしめながら、史佳は言葉を振り絞った。

身体を、それも処女を差し出さなければ主演は諦めろなどと妹に言えるはずがない。

「私が思いつく限りだけど、ひとつだけ方法があるわ。もっと映画界に影響を持つ人たちを味方につけることよ」

「もっと？」

そんなことができるのならありがたい話だ。史佳は思わず身を乗り出した。

「ただし、バックアップを得るにはこちらもそれなりのものを差し出さなければならないわ。とにかくこの世界は自分にメリットがないと誰も動かないの」

絵麻は困り顔でそう言ってから、向かい合うソファの間に置かれているテーブルの上にあったリモコンを手に取った。

そばにある大型テレビの電源が入り、映像が映し出された。

『お集まりのみなさま、今日もよりすぐりの美少年を揃えております。どうぞ、ご期待くださいませ』

それは薄暗いナイトクラブのような店で目だけを隠す仮面をつけた男女が座っている動画だった。

そこの中央に花道で繋がった円形のステージがある。その上で黒いブラジャーとパンティにガーターベルトをつけた色っぽい美女が客たちに挨拶をしている。

もちろん、史佳はこんな世界が現実にあるとは思えない。なにかの洋画で見たことがあるような気がするだけだ。

(でも、美少年ってどういうことだ……)

その映画では画面に映っているような色香の強い金髪の女性が踊っていたように思う。なのに美少年、美しい少年とはどういう意味なのか史佳は理解が追いつかない。

『では、最初に登場しますは、二度目のステージを経験いたします。光ちゃんです』

円形ステージに繋がる花道の奥にはカーテンが降りている出入り口のようなものがありそこに黒下着の女が近づいていく。

そして一本の鎖を引いて戻ってきた。その鎖の先には華奢な色白の少年が現れた。

「えっ!?」

絶句したのは、その少年が身につけているのが女性用の白い下着だったからだ。

レースがあしらわれたブラジャーとパンティ。しかもブラにはスリットが入って乳首が露出している。

さらに首には革製の首輪が嵌められていて、黒下着の女が持つチェーンが繋がっていた。

『ああ……』

画面の中の美少年は頬を赤くして切ない息を漏らした。大きな瞳もどこか虚ろで濡れているように見えた。

股間のパンティもサイドは完全に紐で、三角のレースの布があてがわれているだけだ。

肉棒の形はまったく目立たず、顔立ちもあって胸の小さな女性と言われても納得できる雰囲気だった。

『さあ、ここに立ちなさい』

黒下着の女が美少年を円形ステージのギリギリに立たせて、後ろ側に回った。

そして背後から、ブラのスリットから姿を見せているピンクの乳首を摘まんだ。

『あっ、だめです、あっ、あああ』

美少年は年ごろは史佳と同じくらいだろうか。なのに同性とは思えないくらいの甲高い声をあげた。

『うふふ、嘘おっしゃい、とっても乳首は敏感でしょ?』

『あ、あああ、いや、はあああん、ああ』

後ろの女の囁きが嘘だと思えないくらいに彼は淫らに喘ぎながら腰をくねらせる。

史佳も年ごろだからＡＶ動画を見た経験くらいはあるが、そこに出演していた女性と同じような反応だ。

（どうして男の子なのに……）

女物の下着を身につけて、乳首を嬲られて喘ぐ光という少年が信じられない。

そして史佳はさらに驚きの姿を目にすることになる。

『あらら、もう勃起しちゃって、うふう、可愛いわね』

黒下着の女の声に史佳ははっとなって光の股間を見た。するとさっきまで女性のようだった股間のパンティにはっきりとした男の膨らみが浮かんでいた。

『あああ、だって、あああ、いや、あああああ』

乳首を嬲られているだけで、光は興奮して勃起している。しかも目の前には大勢の客がいるというのに。

（こんなひどい目にあって……）

屈辱的な女装をさせられ、自分では性感帯とも思っていない乳首をひねられているというのに喘ぎ声をあげて勃起している。

その理由がわからずに史佳は呆然となるばかりだ。

「この子はマゾの気が強いから。大勢の人の前で嬲られて興奮しているの」

開いた口をふさぐことも忘れて見入る史佳に、絵麻が言った。

マゾ――聞いたことはあるが。人前でこんな目にあわされて興奮するというのはわからなかった。

『ふふ、光ちゃんってほんとうにエッチな子ね』

『はうっ、だめえ、あああん、あああ』

黒下着の女は背後からその細い腕を回り込ませて手で光の股間を嬲りだした。とはいってもレースのパンティの上から擦っているだけだ。

だが、光は強い反応を見せて腰を引き攣らせて喘いでいる。その姿はAVの動画でよがり泣く女優とだぶって見えた。

(でもどうして僕にこんなものを見せるんだ、社長は……はっ)

なぜわざわざ事務所にまで呼んでこんな別世界の映像を見せたのだろうか。

そう考えた史佳はあるひとつの理由を思いついて、視線を画面から絵麻に移した。

「そうよ、このショーは実は秘密裏に行われているの。信用できる会員だけを集めたものよ」

さらに、じっと頬を引き攣らせる史佳を見つめて話を続けた。

「ここの会員の中には映画やテレビの世界でかなりの力を持つ人たちが含まれているの。他の会員もみんな大企業の重役や聞いたことがある会社の社長よ」

続けて絵麻は会員たちはみんないい歳の人ばかりで、女遊びに飽きてこんな趣味を持つようになったと説明した。

美少年が出演する裏のショーの会員になるには他の会員の推薦のうえに多額の会費も必要だが、それも惜しまないのだという。

「ようはもう普通のことじゃ満足できなくなった人たちばかりなのよ。彼らがもし史乃ちゃんのバックアップをしてくれたら、誰かに邪魔されても心配ない、いいえ、邪魔する人すらいないでしょうね」

真剣な眼差しを向けて絵麻ははっきりと言った。

「そのかわり、僕がこのショーに出るということですか？」

ここまでの説明と絵麻の瞳を見ていて史佳もさすがに察した。人気アイドルの妹とほとんど同じ顔をした少年である、史佳がショーに出て会員たちを味方につけろというのだ。

（でも、女装なんて、そのうえ大勢の前であんな恥ずかしいこと……）

学園祭などのときに同級生の女子よりも美少女顔の史佳は女装しろと頼まれること

も多い。

だけどそれはすべて断ってきた。自分が普通の男っぽい顔なら、ノリでしていたかもしれないが女性のような顔だからなおさらいやだった。

『あああ、はああん、もう許して、あああ、僕、もう、あっ、あっ』

絵麻のほうを見ていた史佳は急にテレビから聞こえる、光という少年の声が大きくなったので顔を向けた。

「えっ」

いつの間にかパンティを太腿の中ほどまで下ろされた光の股間で、勃起した姿を晒している肉棒を黒下着の女が後ろからしごいている。

そして光は両腕を後ろ手に拘束されているようで、されるがままに腰をくねらせている。

『みなさんに光の射精を見ていただきなさい。ほら、もっと泣くのよ』

『あっ、あああ、もうだめです、あああっ、あああん』

人前で肉棒をしごかれてイカされる少年の自分を重ねるとぞっとする。同時に史佳はもうひとつ驚いていた。

(どうしてチ×チンをしごかれてあんなに声が出るんだ)

自分でオナニーをしたときもあんなに声を出すこともないし、射精のときくらいしか息も荒くならない。

なのに画面の中の少年は女性そのものの喘ぎ声を出しながら、目を泳がせて身体全体をよじらせているのだ。

この光が特別なのか、それとも黒下着の女になにかされているのか、史佳は理解が追いつかなかった。

『あああっ、イク、イクイク、あああ、はあああん』

驚愕しつづける史佳が見つめる大画面の中で、肉棒の先端から白い精液が迸(ほとばし)った。

何度も濃いめの精液を発射したあと、光はがっくりとうなだれた。最後は自分と同じような精液が出たことに史佳はなぜかほっとしていた。

『ふふ、気持ちよさそうにしちゃって、でもまだこれからよ』

射精を終え苦しげな呼吸を繰り返している光に、黒下着の女が低いトーンで囁(ささや)いた。

そして撮影しているカメラが移動していき、身体を寄せている二人のサイドからのアングルで止まった。

『あっ、いや、そこは、あああ、だめですう。あああん』

再び光の声が響くのと同時に、彼のお尻の辺りがアップになった。そこには彼の後ろに立つ黒下着の女の指が差し込まれていた。

『ふふ、ここが好きよね、光ちゃんは』

黒下着の女の指はなんと光の肛門に差し込まれていた。彼女は相変わらず自分の身体を美少年に密着させたまま指をグリグリと動かしている。

『はあああん、あああ、あっ、だめえ、あああ』

また女子のような声を響かせはじめた光は後ろ手の身体を何度も引き攣らせる。

その声の大きさも快感に歪んだ表情もさっきよりも強い。

『あっ、あああああ、また僕、あああ、ああん』

そしてさらに史佳を驚愕させたのは、光の肉棒が再び立ちあがったことだ。

射精を終えてだらりとしていた肉竿が硬化して天を衝いていた。

(どうして、お尻の穴になにか秘密でもあるのか？)

自分も同じようにされるのかもという恐怖心を興味が上回っていく。

いつしか史佳はアナルをほじられながら女性そのものの声をあげ、勃起した肉棒が揺れるほど身体をくねらせる光に目が釘づけになっていた。

「そうよ。史佳くん、あなたが彼のようにショーに出演すれば、史乃ちゃんの夢の道も拓(ひら)けるわ。だけど無理にとは言わない」

ずっと顔を横に向けたまま魅入られたように見つめつづける史佳にそう言うと、絵麻はリモコンを手に取って再生を止めた。

「あなたの意志で決めてほしいの」

絵麻は真剣な顔でそう言った。強制はしない、史佳自身に決断しろというのだ。

「僕がですか……」

いっそ無理やりと言われたほうが気が楽だったかもしれない。光のように裸も同然の格好であんな恥ずかしい行為をされる、それも大勢が見つめる中で。

考えただけでも身がすくむが、史乃の夢は叶えてあげたい。そして史乃自身に枕営業をさせるのだけは避けたかった。

「わかりました。僕がショーに出ればいいんですね。そのかわり、史乃のことは」

うつむいていた顔を絵麻に向けて史佳は言った。他に選択肢がない以上、これを選ぶしかない。

幼いころからわがままのひとつも言わなかった、兄思いの妹の夢を是が非でも叶えてあげたかった。

「もちろん私も力を尽くして会員さんたちに協力してもらって、史乃ちゃんの女優の道を誰にも邪魔させないわ」

絵麻は力強く頷いた。ただ、史佳の返事を聞いた瞬間、絵麻の切れ長の瞳が妖しげに輝いたように史佳には見えた。

「最高の素材が手に入ったわね」

史佳が帰途についたあと、社長室に戻った絵麻は車や人々が行き交う街を見下ろして微笑んでいた。

史乃に枕営業の誘いがあるというのはほんとうだが、応じなければ女優への道が断たれるというのは嘘だった。

アイドルデビューと同時に一瞬で人気者になった華もある史乃なら、そんな人間の力など借りずとも充分にヒロインのオファーもあるはずだ。

いまはアイドルとしての活動のみに集中しているので、そういう依頼を断っているだけだ。

「あなたはどんな声で啼いてくれるのかしら」

実は先ほど史佳に見せたビデオを撮影したショーは、絵麻が裏の仕事として行っているものだ。

なぜ芸能事務所の社長でありながら、そんなリスクもある副業をしているのか。それは絵麻自身がサディスティックな性癖の持ち主であり、美少年を調教し少女に近い存在にすることになによりの興奮を覚える人間だからだ。

ようは趣味と実益、そして人脈作りも兼ねて同じ性癖を持つ人間たちの集まりを主宰しているのだった。

「あなたは最高のスターになれる素質があるわ」

窓の外に目をこらすとちょうどビルを出た史佳が歩いていた。顔だけではなく身体つきや、なによりお尻の形がよかった。

性別を間違えて生まれてきたような美少年を徹底的に調教し、女性のようにするだけでなく、人前で恥を晒すことにすら興奮を覚えるマゾ少女に仕立てあげる。

考えるだけで絵麻は背中がゾクゾクと震えた。

「ふふ、がんばりなさい。そして堕ちていくのよ、史佳」

会員たちが芸能界やビジネス界の大物ばかりだというのも事実で、彼らが史佳を気に入れば史乃の力にもなってくれるだろう。

スーパーアイドルの妹が表だとすれば、裏のステージで伝説となれるような兄、史佳。兄妹の存在でさらに絵麻の力も強固になっていくはずだ。

そう思いながら絵麻は窓辺でひとり舌なめずりをするのだった。

学校が終わってから、史佳はまた妹の事務所にやってきた。絵麻から詳しい打ち合わせをするからと呼び出されたのだ。

受付の女性はもう史佳の顔を覚えていてすぐに会議室のような場所に通された。妹はいつもグループの専用劇場に直接向かうので、ここでばったり顔を合わせることがないのは救いだった。

「こんにちは。メイクと衣装の依頼を受けた幸田真希(こうだまき)です。よろしくね」

無機質な感じのする会議室でお茶を出されて待っていると、大きなバッグを抱(かか)えた女性が入ってきた。

二十代くらいだろうか、ピンクに染めた髪が印象的で、笑顔の明るい女性だった。

「は、はい、太田史佳です。よろしくお願いします」

緊張したまま史佳はイスから立ちあがって頭を下げた。ただ十六歳の少年はメイクに衣装と言われてもよく意味がわからない。

「そんなに固くならないで、私のことも『真希』と呼んでいいからね。さあ、こっち向いて座ってみようか」

真希は史佳の緊張をほぐそうとしているのか、弾んだ声を出しながら会議室のイスを移動させてこちらを向いて座った。

「は、はい」

史佳もイスを動かして彼女と向かい合わせになる。真希はバッグからケースを取り出すと横にあるテーブルに置いた。

蓋が開かれると中にはいろいろな化粧品の瓶が入っていた。

「うふふ、お化粧するのは初めて？」

その中の一本を取り出した真希はコットンに染み込ませて、史佳の顔に手を伸ばしてきた。

「し、したことありません」

少しひんやりとした液体が頬に塗られていく。もちろんだが史佳は化粧の経験などない。

「まあ、史佳くんはすっぴんでも充分可愛いからメイクいらないよね」

「別にそういうわけでは……」

男だから化粧をしたことがないだけだと思ったが、真希の手の動きは速く、唇の周りになにかのクリームを塗りだしたので言葉を遮(さえぎ)られた。

「ふふ、でもいまからあなたをもっと可愛くしてあげるわね、お姉さんこれでもプロだから」

どこかマイペースな感じのする真希は今度はスポンジのパフを取り出して、史佳の顔に塗りだした。

少し身体のラインにフィットした服を着ている真希は乳房もかなり大きく、彼女が動くたびにフルフルと弾んでいる。

(甘い香り……)

そして大人の香りと言おうか、同級生たちにはない芳香に史佳は少しドキドキしてしまっていた。

「さあ、終わったわ。とはいっても、肌の張りもさすが十代って感じだからほとんど塗ってないけどね」

真希は感心したように言ったあと、バッグから手鏡を取り出して史佳に向けてきた。

「え……これ……僕？」

彼女のいったとおりかなり短い時間で終わったように思うが、大きな瞳はさらに大きくなり、鼻も少し高くなったように見える。

ピンクの口紅が塗られた唇は艶やかで、鏡の中にいるのが自分ではなく別人の少女のように思えた。

「次は着替えね、はい」

メイクされた顔と男用の制服との違和感がすごい。呆然となったまま史佳は立たされ、ジャケットを脱がされた。

「まずはインナーね。これを穿いて……上はこっちね」

真希はバッグから手早く白のキャミソールとパンツを取り出した。

白いシルクのような素材でできていて、パンツのほうは腰のところが紐になっていて女性用のパンティにしか見えなかった。

「え、これを僕が……」

「えっ、そういうお話で来てるんじゃなかったの？」

女物の下着を見下ろしたまま立ち尽くしている感じの史佳を見て、真希のほうが驚いている。

真希は細かい事情は知らないのだろう。妹に枕営業をさせないために兄が身体を差し出すなど話せるはずもない。

それにあのショーは秘密裏に行われているから口外したりしたらとんでもないことになると絵麻が話していた。

真希がショーに関わっているのかどうかはわからないが、史佳のほうから話すわけにもいかなかった。

「い、いいえ、わかってます」

ここは耐えて着替えをするしかない。妹の夢を叶えたい史佳はこんなことでつまずいているわけにはいかない。

「あ、あの、そんなに見られてると」

こちらを向いたまま真希に史佳は小さな声で訴えた。

「あ、ごめんなさい。もう女の子という意識しかなかったわ」

ほんとうに驚いたような感じで言った真希はくるりと身体を回して向こうを向いた。

(女の子って……)

史佳の美少女顔は幼いころからで、女の子に間違えられてばかりだったし、可愛いという言葉ばかりかけられてきた。

男として反発する気持ちもあったが、気も強いほうではないため笑ってごまかしたりしてきた。

(でもこの顔……)

だから女装をして女のふりをすることに対する抵抗も他の男子よりも強いと思う。

ただ服を脱ぎながら会議室のテーブルに置かれたまま手鏡をふと見ると、メイクをした自分の顔が写っている。

まつげがくっきりとした大きな瞳は、男と呼べる要素は微塵もなかった。

「ああ……」

屈辱的な気持ちになって泣きたくなるが、懸命に堪えて史佳はパンツも脱いで肉棒を晒し、真希が見ていないのを確認してからシルク生地のパンティに履き替えた。

（これからずっとこんな格好を……）

キャミソールも着て自分の身体を見ると、股間には三角の白い布があてがわれているだけの状態だ。

肩が紐になっているキャミソールは胸の辺りを隠している。華奢で色白の史佳が身につけるとまさに女の身体に見えて、それがつらかった。

「そろそろ大丈夫？」

「あ、はい、もういいです」

じっと黙り込んでいると背中を向けている真希が聞いてきた。もう史佳には唇を嚙みしめる時間も与えられないのだ。

「うわ、可愛いわねえ。アイドルの子とかもたくさん見てきたけど、トップクラスだわ、脚も綺麗ねえ、お手入れしてるの？」

こちらを向いた真希が感心したように声をあげた。

「そ、そんな、なにもしてません」

高校生になる史佳だが体毛は薄めで、股間以外の毛はほとんど生えていない。太腿やふくらはぎもすらりとした白い脚も、同級生の女子に自分より綺麗だと言われたことがあった。

「うふふ、そんなに照れなくていいのよ。最高の女の子よ、あなた」

顔を真っ赤にしてうつむいた史佳に真希はそう言って、バッグから衣装を何着も取り出してテーブルの上に並べていった。

それらはすべて女物だとすぐにわかるデザインで、上はフリルなどがついたブラウス、下はスカートばかりだった。

「うーん、これとこれかな、ミニで脚を出したほうが絶対いいわ、その分、上はシンプルにしましょう」

並ぶ衣装の中からフレア気味のチェックのスカートと、言葉どおりシンプルなデザインのピンクのブラウスを選んだ真希はそれを史佳に着せていく。

「とっても似合うわよ」

細身の華奢な身体にフィットしたラインのブラウス、そして広がったミニスカート。

そこから真っ直ぐに伸びた白い肌の両脚。これが実は男だと誰が疑うだろうか。

そしてその容姿がさらに史佳の羞恥心を加速させた。

「ばっちりよ。じゃあ、いこうか」

恥ずかしさで指の先まで赤くなっている史佳の手を握ってきた真希は、会議室の出入口に向かって歩きだした。

「え、どこに行くのですか、まさか外に？」

このまま町に連れ出されるのかと史佳は狼狽した。女装して公衆の面前に出るなど耐えられない。

「あはは、そんなわけないでしょ。社長のところに行くのよ」

そう、今日は社長と今後のことを打ち合わせするために来たのだ。いきなり女装させられたが、本来は別の目的がある。

「社長室で待ってるって」

ピンクの髪を少し弾ませながら、真希はどんどん歩いていく。その顔はずっと微笑んでいて、史佳を着飾ったことに満足しているように見えた。

「あっ、真希ちゃん。誰、新人の子？」

会議室から廊下に出ると、三十代くらいの男性が声をかけてきた。

「あ……」

ポロシャツにスラックスの男性は首から社員証を下げている。ここの事務所の関係者だろうか。

史佳はその男性に興味深そうに見つめられ、恥ずかしさに目線を下に向けた。

「そうよ、社長のお気に入り」

真希がなぜか誇らしげにしながら身体を横にずらして、史佳と男性が向かい合うかたちにした。

「へえ、社長の。なるほど確かに可愛いね。いいよ、君。絶対に売れるよ」

恥ずかしげにうつむく史佳の顔を覗き込むようにしながら男性が言った。

なにも言えずにいる史佳の背中を真希が軽く叩いてきた。

「は、はい、ありがとうございます。がんばります」

反射的に史佳は言ったが、剝き出しの生脚を見られるのが恥ずかしくて、顔をあげられなかった。

「はは、最初は誰でも緊張するよね。僕はここでマネージャーやってる木村（きむら）って言うんだ、社長なら君をきっとセンター張れる子にしてくれるから、がんばって」

木村は励ますように言って史佳の肩を叩いたあと、廊下を歩いていった。

「木村さん、凄腕なんだよ。でも、あの人でも史佳くんが女の子であることをまったく疑ってなかったみたいだね。大成功だわ」

「そんな……」

女にしか見えないと言われても史佳はなにも嬉しくない。もしかして女として思ってもらえるのが嬉しいと思える日が来てしまうのだろうか。

(僕は女の子になりたいわけじゃないんだ)

史乃のために屈辱に耐えているのだと、史佳は自分の頭に浮かんだへんな考えを振り払った。


「そうなの、へえ、木村くんが気がつかないなんて、すごいじゃない」

社長室で待っていた絵麻に会うなり真希が先ほどのことを報告すると、女社長も驚いた様子を見せた。

「まあ、でも確かに、いますぐグループに入っても大人気かもね。ソロのほうがいいかな、ふふふ」

生まれて初めてのメイクが施された史佳の前に立ち、スーツ姿の身体を屈(かが)めるようにして女社長は言った。

今日もスタイルのよさを隠しきれていない絵麻は、ムンムンと女の色香を見せつけていた。

「じゃあ、社長、私は帰りまーす。史佳くんがんばってね」

ピンク髪の真希は軽い調子で笑って社長室から出ていった。彼女の明るい笑顔が逆に史佳の心に刺さる。

自分はアイドルになるのではなく、淫靡な裏のショーの舞台にあげられるのだ。

「ふふ、さすがね。彼女に任せてよかったわ。メイクも服もばっちり、あなたのお尻の形のよさも強調されていていいわねえ」

初めて見せる淫靡な笑みを見せた絵麻は、史佳の背後に回ってすっとお尻を撫でてきた。

「ひゃ、ひゃん」

大きなデスクとソファが置かれた、かなり広めの社長室に、史佳の甲高い悲鳴が響いた。

もともと声は高いほうではあるが、さらにトーンがあがっている。女装をしていることで気持ちが変化しているのだろうか。

「ふふ、可愛い声ね。もう気持ちは女の子になってきているのかしら?」

「そ、そんな違います」

史佳の心の中を覗いてでもいるのか、絵麻は不気味に笑った。アイドル事務所の社長だけあって十代の考えていることはお見通しなのかもしれない。

「違うなんて言っちゃだめよ。あなたはこれから男でも女でもない存在として、お客様の前に立つんだから」

立ったまま顔を赤くしている史佳を、絵麻は背後からそっと抱きしめてきた。

「女でも男でもって……僕は男です」

彼女の言っている意味を史佳は理解できない。ただその響きが恐ろしく思えてたまらなかった。

「それは少しずつわかってくるわ。時間はたっぷりあるんだし」

史佳の耳元でそう囁いた絵麻は手を下に移動させてきた。

あまり身長が高くない史佳に対し、絵麻は百七十センチ以上はある。その長い腕が背中側から絡みつくように身体の前側に伸びてきて史佳のミニスカートを持ちあげる。

「あっ、だめです、なにを」

チェック柄のスカートの裾が持ちあがり、白のシルクのパンティが露(あらわ)になる。

男だからパンツ姿くらい見られても平気なはずなのに、史佳はやけに恥ずかしい。

「腰回りも細いから紐パンも似合うわね。ずっとこういうのを穿きなさい」

「そんな、あっ、いやっ」

学校にまでこんなパンティを穿いていくわけにいかないし、家では妹と同居しているのだ。

そんな史佳の気持ちなど無視するように、絵麻の手がパンティの中に侵入し、肉棒に触れてきた。

「だめです、社長。あうっ、どうしてこんなこと、くう」

艶やかな肌の指が肉棒を優しく握ってきた。萎えている状態で柔らかいそれをほぐすように指が動き回る。

それだけで腰まで快感に痺れていき、史佳は声をあげて腰をよじらせた。

「どうしてって、お稽古もなしにステージに立てるわけないでしょ。アイドルの子だって半年はしっかりとレッスンを受けるのよ」

そんな理屈を言いながら絵麻は指で亀頭の部分を揉んだり、根元をしごいたりといろいろな技を使って責めてきた。

「ああああっ、でも、あああ、こんなところで、あああ、あああん」

少々無機質な感じのする社長室で淫靡な責めを、それもミニスカートに女物のブラウスという服装で受けている。

　こんな異常な状況でへんな声を漏らしている自分を受け入れられるわけもない。

「やめてください、ああ、あああ、くうう」

　巨乳を小柄な史佳の背中に押しつけるようにしながら、絵麻は少年の叫びなど無視して肉棒を巧みに刺激してきた。

　自分でオナニーするときにしたことがない、揉んだり、ときには摘まんだりというような巧みな責めに史佳は力が抜けていく。

「ふふ、そんなこと言ってるけど、もうカチカチになってるわよ」

　色っぽい顔に淫靡な笑みを浮かべた絵麻は甘い息を史佳の耳にかけてきた。

　初めて味わう巧みな肉棒責めに、少年の若い肉棒はもうギンギンに勃起して亀頭がはち切れそうだった。

「だって、あああ、あああああ」

　こんなふうにされたら誰だって、そんな言葉もうまく出すことができない。

　ミニスカートから伸びる白い脚を内股気味によじらせながら、史佳は唇を大きく割り開いて喘ぐばかりだ。

「立っているのがつらいのなら、そこに両手を置きなさい」

絵麻は命令しながら後ろから史佳の身体を前に押し出していく。肉棒への愛撫はずっと続いていて、もう力など入らない史佳はされるがままに目の前にある社長用の大きなデスクに両手をついた。

「素直でいい子よ、史佳くん」

史佳は薄いピンク色のブラウスの上半身をやや前屈みにして、ミニスカートのお尻を後ろに突き出す姿勢をとらされた。

身体検査を受け入れるような屈辱の体勢で、さらに肉棒をしごかれた。

「あああっ、こんなの、あああん」

絵麻の指は肉棒を握っているというよりは絡みついている感じだ。

ビクビクと脈打っている亀頭のエラや裏筋を、滑らかな肌が優しく擦っていく。

若い史佳のモノは見事に反応し先端からカウパーを滴らせていて、それが摩擦を奪って快感が加速していた。

「もっといい声を出していいのよ。あなた素質があるわ」

なんの素質かはわからないが、たぶん淫靡な意味だろう。そんなことを後ろから囁きながら絵麻は史佳のブラウスの胸元のボタンを開いてきた。

「あっ、なにを、ああ、そこは、あっ、くうん」

もう強く抵抗する気力など奪われている史佳のブラウスが、第三ボタンの辺りまで開き、絵麻の手が入ってきた。

その指はキャミソール越しに乳首をまさぐりだし、爪先で軽く引っ掻いている。

「ひうっ、はあああん、ひっ、ひいん」

乳首を弾かれるたびに史佳は前屈みの身体を引き攣らせ、息を詰まらせながら大きく喘いだ。

乳首への愛撫など生まれて初めてだ。なのに強烈な電気が背中側まで駆け抜けていき、声を出さずにはいられなかった。

「素晴らしく敏感ね、もしかして誰かに身体を開発されたのかしら？　経験は？」

肉棒をいたぶる手は休めずに、絵麻は腰を曲げた史佳に自分の身体を覆いかぶせながら囁いてきた。

「あああっ、そんなのありません、あああ、あああ」

史佳は交際を申し込まれることも多かったがすべて断っていた。妹の夢を応援したい気持ちもあり、せめて高校を出るまでそういうことはやめようと決めていた。

「童貞なの？」

「あああ、はい、そうです、あああ、あああ」

事実とはいえ童貞を告白するのは少々恥ずかしいが、そんなことを気にしている余裕など史佳にはもうない。

胸のところにある彼女の指は乳首をひねるようにこね回していて、下の手も怒張を休みなくしごいていた。

「あああっ、はうん、僕、ああああん、こんなの、あああ」

史佳は完全に混乱状態だった。未知の快感が、それも二カ所同時に純な肉体を駆け巡っていく。

どうしようもなく喘ぎ、ミニスカートの中のお尻を無意識に横に揺らしていた。

「うふふ、好きなだけ気持ちよくなっていいのよ。でももう『僕』って言っちゃだめ、これから一人称は全部『私』にしなさい、いいわね？」

絵麻は摘まんだ乳首を急に強く引っ張り、そう命令してきた。

「あああ、はあああん、は、はいい、あああ」

白い歯が覗くほど唇を開き、史佳は絶叫していた。腰を曲げた身体が何度も大きく弓なりになった。

(女の人に責められるのって……こんなに)

自分で肉棒をしごくのとはまるで違う、一方的に女性から身体を愛撫される感覚。

もちろんいけないという気持ちもあるがそれ以上に快感が凄まじい。

「ああっ、私、ああ、もうだめです、あああ、あああん」

肉棒はもうとっくに痺れきっていて、根元がずっと脈打っている。

乳首からの快感もどんどん強くなり、触れられていないもう片方の乳首が疼き、キャミソールにくっきりと勃起の形が浮かんでいた。

「いいわよ、これからはずっと『私』ね。あと名前もフミヨシじゃなくて、フミカにしましょう、漢字はいっしょだからいいよね？」

「あああ、はいいい、あああん、あああ」

もう抵抗するという感情は微塵もない。ただ快感に押しながらされるように史佳は黒髪が弾むほど何度も頭を縦に振っていた。

「じゃあ、私はフミカですって大きな声で言って、そしたらイッていいわ」

もう史佳が限界であることを絵麻は悟っているのだろう。そう命令したあと強く肉棒を握り、乳首もつねってきた。

「ああっ、はいいい、私は、あああん、フミカですう、あああ」

名前も性別も奪われるような宣言。なのになぜか悔しいといく感情すらわかない。

どうして自分はこんなに快感に翻弄されているのか理解できないが、もう止められなかった。

「もう一回、もっと大きな声で」

絵麻もかなり興奮した様子で目を輝かせ、息を弾ませながら叫んでいた。

「はいいい、私は史佳ですう、ああああ、もうだめえ」

力の限りにそう叫んだ瞬間、大きな快感が肉棒の根元から押し寄せてきた。

ミニスカートから真っ直ぐに床に伸びた白い脚を引き攣らせ、前がだらしなく開いたピンクのブラウスの上体を史佳は大きくのけぞらせた。

「いいわ、このまま出しなさい」

亀頭を親指と人差し指で握りつぶすようにしながら、絵麻の手が二度三度と大きく上下した。

「あああっ、イク、出るううううう」

その強い快感に呼吸が止まり、史佳は腰を自ら前に突き出すようにしながら絶頂を極めた。

肉棒の根元が強く締めつけられ、勢いよく精液が飛び出していった。

「熱いわ、あああ、史佳ちゃんの精液、すごいわ」

射精が始まったあとも絵麻は激しく肉棒を擦りつづけている。ただ強く握るのはもうやめていて、優しく指で包むようにしながら速くしごいてきた。

「はっ、はうん、あああ、だめ、あああ、私、あああ、止まらない」

その力加減がまた絶妙で、史佳は搾り取られるように射精を繰り返す。

パンティからはみ出ている亀頭の先から白い粘液が何度も飛び出し、ミニスカートの裏地にぶつかって床に滴った。

「あああっ、はううん、ああ」

その量はあまりに多く、そして粘り気も強い。スカートの裾から何本もの白い糸が垂れ下がり史佳の足元には白い水たまりができていた。

「精子の量も多いわね。ふふ、いいわよ、史佳ちゃん。そういうのが好きなお客様もたくさんいらっしゃるから」

やっぱりあなたはスターの素質があると言いながら、絵麻は根元を強く握って最後の一滴まで絞ってきた。

「あう、はうん、あああ、ああ……」

膝をガクガクと震わせながら、史佳は目の前のデスクを握るようにしてなんとか身体を支えていた。

その虚ろな瞳が淫靡に潤んでいることに、史佳自身は気がついていなかった。

第二章　最高級の生贄

翌日もまた史佳は女社長に呼び出されていた。土曜日なので学校は休みで、史乃はアイドルのイベントの仕事に出かけている。

「ああ、こんな下着が史乃にバレたらどうしよう」

女装の衣装は絵麻のほうでクリーニングに出すと言われたが、下着だけは自分で洗濯するように命じられた。

もともとマンションに二人暮らしの兄妹の家事は、料理以外はすべて史佳が担当している。

洗濯も史佳の係だが、年ごろの妹は下着は自分で手洗いしているようだ。

「クローゼットの中に干すしか……」

だから干しているところを見られなければバレる心配はないと、クローゼットの中にこっそりと干していた。

「女装しているなんて史乃に知られたら……私……」

軽蔑して近寄るなと言われるのだろうか。クローゼットにぶら下がったパンティとキャミソールを見つめながらそんなことを考えてしまった史佳ははっとなった。

（いま「私」って……）

絵麻には常に私という呼び名を意識するようにいわれ、学校以外では下着もなるべく女物を身につけろと言われた。

ただ自宅まで彼女が見張っているわけではないというのに、無意識に自分のことを「私」と呼んでしまった。

「違う……そんな……」

心が女性化しているのか、いや、絵麻の命令を守らなければ妹の夢が叶わないのだから仕方がないことなのだと、史佳は自己嫌悪を覚えながら頭を何度も横に振った。

「絵麻さん、どうして僕をこんな格好に」

今日、絵麻に呼び出された場所は彼女のマンションだった。

兄妹が住むマンションの倍以上の広さはある高級な一室に、彼女はひとりで住んでいるらしい。

いくつもある部屋のひとつで、史佳は両腕を大きく上に伸ばし、踵がどうにか床につく高さまで吊られていた。

「『僕』なんて言葉を使っちゃだめって言ったでしょう。忘れたの？」

身につけているのは、黒の紐パンティのみ。薄い胸板やほとんど脂肪のない腹部もすべて晒した史佳の前に、同じ黒いブラとパンティ姿の絵麻が立っている。

ブラジャーのカップから白い上乳をはみ出させた彼女は、妖しげな笑みを浮かべて、史佳の露出しているピンクの乳首を弄んできた。

「ああっ、いや、やめてください、くうう、『私』って言いますから、あうっ」

彼女の巧みな乳首責めに史佳はすぐに甲高い声をあげて吊られた身体をよじらせた。

拘束されているのは腕だけではない。両脚も肩幅よりも広く、床に打ちつけられた二本の杭のようなものに縛りつけられていた。

史佳の身体はX字に拘束されているので、動くにしても腰をよじらせるのが精一杯といったところだ。

「もちろん、自分の名前でフミカっていうのもいいわよ。そうだ、もうついでに言葉遣いも女の子のものにしましょう、少なくとも私の前ではね」

強い反応を見せる少年に声を弾ませた女社長は、くりくりと史佳の両乳首を同時にこね回してきた。

「あああ、はうん、許して、あああん、絵麻さあん、ああん、私、ああ」

自分でも驚くくらいに乳首が敏感になっている。どうしてこんなにも感じてしまうのかわからないが、全身が一瞬で痺れきっていた。

（絵麻さんって男の身体を感じさせるテクニックを……）

自分のことも社長さんではなく、下の名前で呼ぶように言った彼女の指は、強くなく弱くもない感じで、史佳の乳首の性感を巧みに煽りたててくる。

なすすべもなく感じさせられる史佳はそんな疑問を持った。

（それにこの部屋も……）

薄い間接照明だけの一室は、壁紙もカーテンも黒で統一されていて、これも黒い金属の枠のベッドや黒い木の棚が置かれているだけだ。

そこに天井から鎖が降りているのだから、もう拷問をするための部屋にしか見えなかった。

そもそもいま史佳の両脚を固定している杭も、思いつきで設置できるものではない。

「うふふ、史佳ちゃんってほんとうに可愛い」

もうフミヨシではなくフミカという女の子だという扱いをしながら乳首をこねる女社社長は完全に目が飛んでいる。

この部屋で男を責めるのが彼女の趣味なのか。妖しく輝く瞳にサディストの恐ろしさを感じ、史佳は顔をあげていられなかった。

「あああ、はうん、乳首ばかり、あああ、もう許して、ああ」

そんな中でも乳首の快感はどんどん加速していく。全身がジーンと痺れていくなかで、史佳はサディスティックな絵麻に自分が魅入られていくような気がして怖かった。

「あら、許してなんていってるわりにはここはギンギンじゃない」

乳首をこねながら絵麻は史佳の下半身のほうに目をやった。黒の女物パンティが食い込んでいるそこには勃起した肉棒の形が浮かんでいる。

「だって、だって、あああ、いやあああ」

乳首の快感に喘ぎながら薄目を開くと、壁際にある大鏡に自分の姿が映っていた。立ったまま両手両脚を開かれて固定された少年は、肌をピンクに染めて顔を歪めて喘いでいる。

今日は絵麻の手によってメイクされた顔は、自分で見ても薄化粧をした少女にしか見えない。股間の薄布に浮かんだ怒張の形とのギャップが異様だ。

（私は……いったい……）

これからどうされてしまうのだろうか。そんな不安に胸が締めつけられる。

だが乳首の快感は心とは逆にさらに強さを増していく。

「あっ、はああああん、あああああ」

白い歯を見せながら少年は喘ぎつづける。なにかを考えることも辛くなりはじめていた。

「ずいぶんと派手にやってるわねえ、絵麻」

史佳の細い身体が大きくのけぞった瞬間、背後から女の声がした。

「えっ」

唇を閉じられないまま顔だけを後ろに向けると、いつの間にかドアが開いていて絵麻と同じ年ごろの女性が立っていた。

少し茶色が入った髪に白のブラウスとグレーのタイトスカート。服装はごく普通だが瞳が大きな美女だ。

「遅かったわね、沙貴」

「インターホンを押しても出ないから勝手に鍵開けて入ってきたわよ」

史佳の身体越しに顔を出して絵麻が言うと、沙貴と呼ばれた美熟女は鍵をプラプラとさせて言った。

「ごめんね。この部屋は防音だから」

「いいよ、それよりその子が例の史佳ちゃん？　可愛いお尻してるじゃない」

絵麻と沙貴は友人同士なのか、ずいぶんとくだけた会話をしている。沙貴は普通にフミカと呼びながら部屋の中に入ってきた。

「あっ、いやっ、見ないで」

史佳が穿いているパンティは完全にTバックになっていて、白く引き締まったお尻はすべて丸出しになっている。

初めて会う女性にそれを見つめられて史佳は羞恥に震えるが、拘束されている身体では顔を伏せるくらいしかできなかった。

「ふふ、見るなじゃなくて、見ないでなのね。まだ始めたばかりじゃなかったけ、調教は」

沙貴は拘束された少年を見慣れているかのような感じで、笑顔のまま部屋の中に入ってきた。

「そうよ、すごい才能でしょ。もう心が女の子化するのが早いのよ、この子は」

なにか誇らしげに黒下着の絵麻が言った。

「いっ、いや、違う」

二人の美熟女の間に挟まれた状態でそんな会話をされ、史佳は首を横に振った。

女子になるのを受けいれているかのように言われるのはたまらなくつらい。自分の中にもその迷いがあるからだ。

「違わないわ、ふふ、ほら」

否定は許さないとばかりに絵麻は強く乳首をつねりあげてきた。

「ひっ、ひあああぁ、あああ」

両乳首から背中まで電気が走り、史佳はまたX字の身体をのけぞらせた。

その動きが激し過ぎて足首を杭に縛りつけているロープがギシギシと軋んだ。

「沙貴はね、医者なのよ。とっても腕もいい美容整形外科医」

強く摘まんだのは一瞬だけで、そのあとはゆっくりと史佳の乳首を弄びながら絵麻が言った。

「お、お医者さま……」

まだ上半身全部がジーンと痺れている感じのする史佳は、はあはあと荒い息を吐きながら後ろを見た。

シンプルな服装のせいもあるかもしれないが、確かに沙貴はそんな雰囲気があった。

「そう、あなたを女の子にする力添えに来たのよ」

沙貴はにっこりと笑って自分のバックから小さなケースを取り出した。

「ああ、そんな女の子にだなんて……ああ……私は」

女の子という言葉に強い抵抗を覚えながらも、史佳はつい私を言ってしまった。

自分でもちぐはぐな形になっているのはわかっているが、無意識に口をついたのだ。

「ふふ、可愛いわね。あなたなら最高の存在になれると思うわ。男でも女でもないすごく綺麗な人間に」

絵麻以上に沙貴は目を輝かせると、手にしていたケースを開き中から注射器を取り出した。

「ひっ、な、なにを、いやっ」

鈍く光るその針先に史佳はこもった悲鳴をあげて顔を引き攣らせた。

男でも女でもない存在。その意味を考える気持ちにすらなれなかった。

「大丈夫よ、女性ホルモンの注射だから」

なぜそんなものを打つのかという説明はなく、沙貴は史佳の吊られている腕をゴムバンドで絞めてきた。

「いや、やめて」

史佳は抵抗しようとするがもちろん逃げられない。腰をよじらせていると絵麻がまた強く乳首をつねった。

「あああ、あああああ」

「じっとしていなさい」

また強烈な快感が突き抜けて史佳の身体から力が抜ける。その隙を見逃さずに沙貴は注射の針を刺してきた。

「うっ、あ……ああ……」

一瞬の痛みのあと薬液が入ってくる感触がある。絶望感に胸を締めつけられながら史佳はそれをじっと見つめていた。

「いい子ね、史佳ちゃん。週に一度は私のクリニックにこの注射を打ちにくること、いいわね」

薬液をすべて入れ終えて注射器を引き抜いた沙貴は、腕に巻かれていたゴムバンドも外しながら言った。

身体にはとりあえずなんの異変は感じない。ただ薬を入れられたことで抵抗の気力が一気に萎えてしまっている史佳は素直に頷いた。

「いい子ね、じゃあ、今日はたくさん楽しみましょう」

注射器のケースをバッグに直した沙貴は、かわってハサミを取り出した。

「あっ、いやっ」

史佳が驚く暇もなくTバックのパンティの腰紐が切断される。

ただの布きれになったパンティが開かれている史佳の足元にはらりと落ちた。

「あら、こんなに硬くしちゃって、先生がちゃんと気持ちよくしてあげますからね」

沙貴は史佳の剝き出しのヒップの前に膝をつくと、背後から手を回してきた。

この前、絵麻にされたのと同じように、指を絡めるようにして亀頭や竿を愛撫しはじめる。

「はっ、くうん、先生、ああ、だめ、あああ」

前回と違うのは沙貴が両手を使っていることだ。背後から腕を回し亀頭を優しくこねたり、竿をしごいたりしている。

すでに勃起していた肉棒はすぐに快感に痺れ、根元が脈打ちはじめた。

「いい声ね。ねえ史佳ちゃん、オナニーするときはおチ×チンをしごくだけ？」

妖しげな声を出しながら女医は巧みに亀頭の裏側を指でなぞるように刺激してきた。

「ひうっ、ああ、はいい、ああ、あああ」

彼女たちの指遣いはほんとうに巧みで、自分でしごくときとは比べものにならないほど気持ちいい。

そしてこの抵抗を封じられて、もうされるがままになるしかないという思いも、快感に拍車をかけているように感じられた。

「男の身体が気持ちよくなる方法はおチ×チンしごくだけじゃないのよ。これらからたっぷりと教えてあげるからね」

そう言った沙貴は左手で肉棒をしごきながら、右手で玉袋を揉んできた。

ただ揉んでいるのではない、ときおり強く、少し痛いくらいに睾丸を握ったりする。

「は、はううう、くうう、そこ、だめえ、ううう」

痛みと快感が断続的にくる。玉を握られる恐怖感とそのあとのほっとする気持ち。

混乱する中でX字に開かれた身体だけは燃えあがっていく。高めのトーンの悲鳴をあげながら史佳は何度も天井を見あげた。

「あら、もうおチ×チン以外で気持ちよくなるのも知ってるわよね、史佳ちゃん」

肉棒と玉袋への同時責めに息も絶えだえの史佳に、今度は正面に立つ黒下着の絵麻が言うと、乳首をグリグリとひねってきた。

「あああっ、そこも、あああ、あああん」

乳首からまた強い快感が突き抜けて、史佳は狂わんばかりに喘ぐ。

全身を絶え間なく甘く激しい痺れが駆け抜け、腕を吊りあげている鎖が軋むくらいに腰や背中がくねった。

「素晴らしい反応ね。聞いたとおり才能のある子だわ」

よがり泣く十六歳の少年に沙貴はさらに調子をあげて、肉棒と玉袋を責めてくる。

とくに玉のほうはかなり強めに握られているのに、その痛みすら心地よかった。

「ほら、自分がされているところをしっかりと見なさい」

正面に立っていた絵麻が少し身体を横にずらして、史佳の頭を押さえつけてきた。

目線が強制的に下に向けられ、勃起している肉棒が目に入る。

「あああっ、あああ、先生、あああん、あああ」

亀頭や竿に白い指が絡みつき、一本一本の指が別の生き物のように這い回っている。

その様子を見ていると胸が締めつけられ快感がまた強くなった。

「あああああっ、もうだめですう、あああ、出ちゃう、ああ、私、イッちゃう」

もう自然に私と叫び、イクという言葉も使いながら、史佳はX字の身体を引き攣らせた。

「いいわよ、イキなさい。今日は思うがままにイクのよ」

沙貴も興奮気味に大声を出しながら、肉棒を高速でしごき、さらには玉袋を強く握った。

「ひっ、イク、くうううう」

睾丸がつぶされる強い痛みとともに、射精の発作が起こった。

自分でも信じられないくらいに快感が強く、精液もすごい勢いで空中に飛び出した。

「はうっ、はあああん、出るう、あああぁ」

勝手に腰がガクガクと前後に動き、搾り取られるように粘っこい白濁液が尿道を通っていく。

自分でするオナニーの何倍もの快感に、十六歳の少年は意識まで怪しくしながらただ発射を繰り返した。

「ああっ、くうう、あ……あ……」

そして床に白い染みができるほどの精を放ったあと、史佳はがっくりと頭を下に落とした。

全身の力も抜け切っていて、吊られた腕に体重を預けてぶら下がっている状態だ。

（こんなに……感じて……）

初対面の女性に肉棒をしごかれて、射精まで追いあげられながら、史佳は生まれて初めてと思えるくらいの快感にのたうっていた。

まるで身体が自分の意思を離れて感じまくっているような感覚だ。

（もしかして才能って……）

他人の手で責められることにより、凄まじい快感を得てしまう才能という意味だろうか？

それは女性でいう淫乱というのではないのだろうか。いつか自分は狂ってしまうのではないかと、史佳は怯えていた。

「ふふ、今日はここからが本番よ」

自分の心から身体が離れていく感覚がつらくて泣きそうになっている史佳の股間に、絵麻が手を伸ばしてきた。

「あっ、なにを、も、もう出ましたから、ああ」

絵麻の繊細な感じのする指がだらりと萎えている肉棒に触れてきた。

驚いて腰を引いた史佳だったが、四肢を拘束されてX字に開かれている状態ではすぐに亀頭を摑まれてしまった。

「なに言ってるのよ。若いんだから十回くらいは射精できるでしょう」

イッたばかりの亀頭を摑まれるむず痒さに身悶える史佳は見てニヤニヤと笑いながら、絵麻は軽く揉んだりしごいたりを繰り返す。

この女社長は本物のサディストのように思えた。

「ああっ、くうう、む、無理です、そんなの、あっ、ああ」

自分でオナニーをしたときも一日に一回だけだ。二度三度、それも十回以上など考えられない。

現にいまも亀頭をしごかれるのが苦痛なくらいだ。

「勃起さえしたらいけるわよ。ほらもっと力を抜いて」

今度は背後から沙貴の声がして、彼女の指が尻の割れ目に這わされた。

すっと入ってきた指先が捉えたのは、強くすぼまっている史佳のアナルだった。

「ひっ、なにを、ああ、どうして」

排泄をするためだけの場所に指がねじ込まれようとしている、強烈な嫌悪感に襲われた史佳は懸命に腰をよじらせた。

「ふふ、お尻の穴はね、男の人にとってすごく感じる穴なのよ。鍛えれば女のオマ×コと変わらないくらいにね」

淫語を口にしながら絵麻がギュッとまだ柔らかい亀頭を握ってきた。快感とも痛みと言えない感覚が突き抜け身体の動きが止まる。

そこを狙って沙貴の指が強くアナルに押しあてられた。

「くうう、いやっ、ううう、だめです、ううう」

指は一本だけ、ほぐすように前後しながら徐々に肛肉の奥へと侵入してくる。

アナルを他人の手で勝手に開閉される違和感に史佳はこもった悲鳴をあげた。

「さあ、史佳ちゃんのポイントはどこかな」

ゆっくりとだが、沙貴の指は中に侵入し、なにかをまさぐっているような動きを見せている。

ポイントの意味はまったくわからないが、乳首に続いてまた新たな快感に目覚めさせられるというのか。

「ああああっ、お願いですう、もう許してください」

生まれて初めて直腸の中を異物が這い回る感覚に、史佳はただ身悶えて泣き声で哀願するばかりだ。

だが沙貴の指は止まるどころか深く侵入してくる。そして史佳のお腹側の腸壁をぐっと強く押した。

「ひっ、ひい、はうううん」

同時に肉棒の根元から股間の辺りに強い痺れが突き抜けて、史佳はまた初めて出すような声をあげて目を泳がせた。

お尻の穴の奥を押されて、肉棒がジンジンと震えている感覚だ。

「ここね、史佳ちゃんの前立腺は」

また初めて聞く言葉を口にした沙貴は、腸内のその場所をさらに強く押し、こねるように指を動かした。

「ひっ、いやっ、あああ、だめです、ああ、はああん」

もう唇も大きく割り開いたまま史佳は、腕を吊している鎖が軋むほど身体をよじらせていた。

抵抗の意志を見せているのではなく、勝手に身体が動いているのだ。

「はうん、あああ、ああああん」

前立腺と呼ばれたその場所からあがる痺れは、明らかに快感だった。

肉棒とも乳首とも違う感覚だが、かなり強く立位で拘束された細身の史佳の身体を蕩けさせていた。

「うふふ、ほら見て、史佳ちゃん。あなたのおチ×チン」

「えっ、あっ、いやあ」

背中も大きくのけぞるので、ほとんど上を向いていた史佳の頭を、絵麻が強引に下に向けさせた。

その視界に入った肉棒を見て、史佳は目を見開いた。射精を終えて萎み、触られても痛がゆいくらいだった肉棒が大きく天を突いて勃起していた。

「ど、どうして、いやああ」

自分で肉棒が立ちあがった感覚はなく。無意識のうちに硬化していた。

なぜそうなるのか、十六歳の少年にはとうてい理解できなかった。

「男の子の身体は、そういうふうにできているのよ。さっき沙貴が前立腺って言ったでしょ、そこをいま責められてるのよ。すごく気持ちいいでしょ」

おチ×チンだけじゃないのよと、念を押すように先ほどと同じ言葉を言って絵麻は前から史佳の肉棒をしごきだした。

「あああ、そんなあ、いいやああ、あああ、へんな子になりたくない、ああ」

肉棒以外で、それも乳首やアナルの奥で感じるような人間は変態だと思う。

そんな人間になるのはいやだと思うが、腸の中の沙貴の指が大きく動いて前立腺を刺激してきた。

「あああああ、だめです、先生。あああん、あああっ、はううう」

沙貴の指が前立腺を押すたびに、肉棒がビクビクと反応をする。そこに追い討ちをかけるように黒下着の絵麻の指が亀頭や竿を優しく愛撫するのだ。

「あああっ、ひううう、もうだめ、あああ、イク、私、イッちゃう、ああ」

なぜ自分でもこんなにも早く感極まっているのかわからない。ただ前立腺の快感はあまりに強烈で肉体の暴走が止まらない。

二人の美熟女に挟まれたまま、史佳はX字の身体を痙攣させた。

「出るっ」

短い叫びとともに一度目とほとんどかわらない量の精液が飛び出していった。


熟女の白い指が肉棒からゆっくりと離れていく。一瞬で萎えてしまってだらりと下を向いた亀頭の先からかなり薄くなった白い粘液が滴った。

「はあはあ……ああ……」

X字に身体の固定されたままの史佳は息を荒くしたまま、がっくりとうなだれた。

足元にはいくつもの精液の小さな水たまりがある。もう何度射精しただろうか、数える気力もないくらいに疲れきっていた。

「うふふ、若いってすごいわね、まだいけそう」

背後にしゃがんでいる沙貴はアナルにずっと入れたままの指を動かしてきた。

「はうっ、もう無理です、あああ、動かさないで、ああ」

腸側から前立腺を押されて、史佳は悲鳴をあげて頭を振った。

射精をしてから間髪開けずに前立腺を責められて肉棒を勃起させられ、絵麻の手によってしごかれ射精に追いあげられるのを繰り返してた。

「ああ、いやあ、あああぁ、私、ああ、死んじゃう、ああ」

肉棒を擦られてももう気持ちがいいのかどうかもわからず、ただマシーンのように射精を繰り返しているだけだ。

反面、その根元にある前立腺への刺激、こちらは回を追うごとにはっきりと快感を自覚するようになっていた。

（ああ……身体が造りかえられてる……）

肉棒とは違うが、はっきりと気持ちよさを感じる前立腺責め。つい数時間前まで知らなかったその快感に史佳は狂いそうなくらいに喘いでいるのだ。

「うふふ、そろそろいいかもね。史佳ちゃん、いよいよ今日の仕上げよ」

疲れきっている肉棒が前立腺への刺激によって再び立ちあがると、絵麻が亀頭部分を水道の蛇口をひねるように擦りはじめた。

「また新しい気持ちよさを知るのよ」

ずっと史佳の肉棒をしごきつづけている絵麻だが、その瞳はどんどん輝きを増してきている。

つらさに喘ぎながらも暴走する肉体に負けてイキ果てる美少年は、彼女にとって最高の生贄(いけにえ)なのかもしれない。

「あああ、いやあああ、あああ、もうなにも知りたくありません、ああ、許してぇ」

史佳のほうはこれ以上肉体に新たな快感など刻まれたくはない。ただもう杭に固定された脚も、鎖で吊られた腕も動かす力は残っていなかった。

「ふふ、せっかくの人生なんだから、楽しいことをたくさん知るほうがいいでしょ」

後ろにいる沙貴はどこか気楽な感じがする。彼女のそんな態度を見ていると、自分がほんとうにオモチャとして扱われているような思いにさせた。

「あああっ、いやあああ、そんなの、あああ、もう知りたくないです、はあああ」

身体のほうは燃えあがっているが、心のほうはもうズタズタだ。こんな短期間にいくつもの快感を教え込まれ、もう喘ぐのも抑えられない。

これではまるでAVに出てくる女優と同じではないか。

(ほんとうに女の子みたいにされてる……いやあ)

男でも女でもない存在と二人に言われたが、自分の性別すらも曖昧になっている気がして、史佳はもう泣きたかった。

「そのうち気持ちよくなるのが、いちばんの幸せだと思えるようになるわ。いいえ、私がしてあげるわ、必ず」

建前上はショーに出るための訓練だと言っている絵麻だが、そのキラギラとした切れ長の瞳はなにかに取り憑かれているようにすら見える。

彼女は十代の少年を快楽地獄に堕とすことに悦びを覚えているのだ。

「あああっ、許してください、ああ、はううう、あ、いや、なにこれ」

そして自分はこの魔女から逃げられないのだと思い、頭を何度も横に振ったとき、史佳は自分の肉体にさらなる異変を感じ取った。

肉棒の中にある尿道の奥のほうからなにかが溢れてくる。それは射精のときの感覚とは明らかに違っていた。

「いいのよ、そのまま身を任せて」

優しく言いながら絵麻は亀頭をこねる動きを繰り返す。ただ左右にひねるように擦っているだけで一度も縦にはしごいていなかった。

「あっ、あああ、とめてください、ああああ、だめえ、あああああ、イク」

確かに絶頂に向かっているような感覚はある。ただいつもとは違うという違和感を覚えながら史佳は細い腰を突きあげた。

「はっ、はううう、出る」

快感がピークに達した瞬間、亀頭の先端から水流が吹きあがった。

白濁しているが精液のように粘度はなく、さらさらとした液体が噴水のように飛び出していった。

「これが男の潮吹きよ、ほら、もっと吹きなさい」

絵麻は自分の身体に水流を浴びないように横に移動しているが、手だけは濡れるのもかまわずに亀頭をひねりつづけている。

水流は断続的に飛び出し、床をかなり濡らしていた。

「あっ、あああ、いや、こんなの、ああ、あああああ」

お漏らしをしているような恥ずかしさはあるが、出ている液体は尿とは違う。

自分の意志ではどうにもならず、されるがままに出すしかない。さらに液体が尿道を通るたびに強烈な快感も伴(ともな)っていた。

「あああっ、はうううん、あああ、ああ」

これが男の潮吹きという現象なのか。射精とは違う絶頂を味わいながら、史佳は自分がもう戻ってこられない地獄に堕ちていくような錯覚に囚(とら)われていた。

第三章　暗闇のステージ

朝、目が覚めて部屋から出てくると、妹はすでに着替えをすませて学校に行く用意をしていた。

「おはよう、お兄ちゃん。寝坊だね」

史乃は少しいたずらっぽく歯を見せて笑った。兄の目から見てもほんとうに愛らしい笑顔だ。

人気アイドルになっても調子に乗る様子もなく、今日もテーブルには兄の分の朝食も用意されていた。

「うん、ごめん。でも、まだ充分に間に合う時間だよ」

寝坊と言っても十五分程度だ。最近、少し身体が重くて寝覚めが悪い。

それは定期的に女性ホルモンの注射を受けるようになってからだ。

「お兄ちゃん、私、今日少し早く行かないといけないからもう出るね」

妹はできるだけ真面目に高校に通っているが、それでも仕事で早退しなければならないこともある。

たまにこうして補填(ほてん)のために早朝の補習に参加していた。

「ああ、いってらっしゃい」

兄が裏でしていることを知らない史乃はいつもどおりに無邪気だ。

もちろんだが絶対にバレるわけにはいかない。史乃がどれだけ傷つくだろうと想像もしたくなかった。

「あれっ、お兄ちゃん、少し太った？」

カバンを持ってリビングを出ようとした史乃が、制服姿の身体をひるがえして兄のほうを見た。

「え、あ、ああ……そうかな？　バイト先でお菓子とかもらって食べすぎたのかも」

絵麻にショーに出るための訓練をしている時間は、史乃にはスーパーの裏方のバイトに行っていると言っている。

お金だけは父はちゃんと送金してくれているし、自分の給料もあるのにと史乃に不思議がられたが、それしか言い訳が思いつかなかった。

「へえ、普通、働いたりしたら痩せない？」

「おばさんたちがいっぱいいるからさ、いつもなにかくれるんだよ」

「なにそれ羨ましい、じゃあ行ってきまーす」

兄の嘘を疑いもせず、妹は白い歯を見せながらドアを開いた。

「いってらっしゃい」

スカートの裾を揺らして駆けていく妹。その後ろ姿を見ながら史佳は胸が締めつけられた。

(どんどん女の子に……)

リビングにある鏡に映った自分を見ると確かに頬に丸みがある。それは単に脂肪がついたからではない、女性ホルモンの注射を何度も受けるうちに身体全体が女性化している。史佳の身体をより女に近づけるために薬が投与されているのだ。

身体のほうも以前の少年ぽかった体型とは大きく変化していた。

「ああ……」

鏡の中の自分は日に日に妹に似てきているように思う。とても見ていられなくなり、史佳は顔を背けるのだった。

「ふふ、どうしたの？　早くブラジャーを取って」

今日は絵麻の経営する芸能事務所のオフィスの会議室に来るように命じられた。

そこで史佳は、絵麻と沙貴、そして最初にメイクをしてくれたスタイリストの真希が見つめるなかで服を脱いでいた。

何度も二人には裸どころか、もっと恥ずかしい姿を見られているが、まだ明るい陽射しの差し込む会議室でのストリップは羞恥心を煽られる。

「ああ……はい……」

自宅からここに来るまでは男物の服装で来たが、その下には女装用の下着を身につけてくるように命じられていた。

レースのあしらわれた白のブラジャーに揃いのパンティ。華奢で色白な史佳の身体にはよく似合っていた。

「ふふふ、もうBカップくらいはあるかしらね。綺麗なおっぱい」

史佳がブラジャーを取ると、スーツ姿で腕組みをしている絵麻が楽しげに言った。

女性ホルモンの薬の効果は胸元の変化がいちばん著しい。小ぶりながら乳房がはっきりと膨らみ、ピンクの乳輪も少し広く、そして乳頭部も粒が大きくなっていた。

「おっぱいだけじゃないわよ。お尻もけっこうふっくらしてきたわ」

パンティだけでじっと立ち尽くしている美少年の背後に回って、今度は沙貴が笑顔で言った。

「ウエストのラインも柔らかくなってるし、薬の効果がよく出てるわ。いままでの子でいちばんじゃないかしら。史佳ちゃんはもともと女の子に生まれてくる予定だったのかもね」

「そ、そんな」

当たり前のようにフミカと呼んでいる沙貴の言葉に、史佳は大きく目を見開いて顔をあげた。

女性化していく自分の肉体に悲しむ日々を送っているというのに、あまりの言われようだ。

「いいじゃないですか、別に男でも女でも。この子が可愛いのは事実なんだから」

史佳のことを性的な対象として見ている二人の熟女に対し、スタイリストの真希は人形を愛(め)でるような雰囲気だ。

彼女は沙貴を押しのけるようにして史佳の後ろに回り込むと、パンティのほうに手をかけてきた。

「さあ、今日もお姉さんが史佳ちゃんをとびきり綺麗にしてあげるね」

こちらもフミカと呼びながら、パンティを足先からさっと引きさげた。

「あ、いやっ、裸に……」

史佳は思わず声をあげて身体をよじらせ、股間を隠そうとした。だが一瞬早く沙貴に腕を押さえられた。

「うん、おチ×チンは大丈夫そうね。小さくはなってるけど」

ここでだけ医者の態度を見せた沙貴は史佳の股間を覗き込んで頷いている。

女性化していくとバストが膨らむ分、肉棒のほうは少し小さくなるようだ。

男性の象徴が縮み、かわりに女性の特徴が現れる。史佳は自分のそんな姿がたまらなくつらかった。

「ああ……見ないで……」

ただもう強くこの女性たちに抵抗する気力をもてなかった。数え切れないくらいに射精や男の潮吹きを繰り返され気が狂うかと思うほど身悶えた。

そのなかで抵抗心は萎えていて、いまもこうして昼間の会議室でひとりだけ裸にされていると羞恥心に泣きそうなのに、逃げ出そうという思いすらなかった。

「う……く……」

屈辱にただ耐えていると、なぜかアナルの内側、直腸の中に疼きが走り史佳は声を漏らしそうになった。

（ああ……どうして……）

アナルのほうもずっと開発されていて、いつも指で肛肉を愛撫されたり、前立腺も責められていた。

そのなかで史佳のその部分は完全に性感帯へと成長しているのだ。

（いや……）

これも女性化のひとつなのだろうか。もう肉棒とアナル、どちらが気持ちいいと自分が感じているのかすら史佳は曖昧になっていた。

「ひどいおばさんたちね。震えてるじゃない。ほら、史佳ちゃん、これ穿こう」

日々変化していく美少年の身体を視姦している美熟女二人に文句を言った真希は、自分のバッグからピンクのパンティを取り出した。

さっきの白のものよりも過激なデザインで、腰のところやお尻もほとんど紐だが、なにも穿いてないよりはましだと、史佳は素直に脚を通した。

「さあ、下着をつけたらメイクだね、今日は史佳ちゃんのデビューの日だからお姉さん腕によりをかけちゃうぞ」

そう史佳は今夜、絵麻に連れられて秘密のショーの舞台にあがる予定になっていた。

まだ会員に挨拶をするだけだと言われているが、きちんと女装をしたうえでみんなの前に立つのだ。

「とっても似合うわ、史佳ちゃん」

ブラジャーもピンクのお揃いで、小さめのカップが乳房を持ちあげ少し大きめに見せていた。

「ああ……」

完全に女性用のブラとパンティなのに、股間にはやはり肉棒の形が浮かんでいる。

自分が異形（いぎょう）の者になった気がした。

ただ落ち込んでいる暇も彼女たちは与えてくれない。真希はメイク道具が入ったケースを取り出して史佳を座らせた。

「さあ、メイクね」

「きっと会員のみなさんも度肝を抜かれるでしょうね。楽しみだわ」

背後から聞こえてきた絵麻の言葉に、史佳は言いようのない恐怖を覚えた。

外からはそんな場所があるようには見えないビルの地下へ下りる階段を進むと、分厚そうな木の扉があって、その前に史佳の何倍もあるような筋肉質の黒服が二人も立っていた。

訪れる会員をチェックするのが役目だろか。顔もかなりいかつい。

ヒラヒラのワンピース姿の史佳を見ても厳しい目を崩さない男たちだったが、絵麻に深々と頭を下げ、すぐにドアを開いてくれた。

「いらっしゃいませ、オーナー。いつもの部屋をご用意しております」

中に入るとタキシード姿の年輩男性が丁寧に挨拶をして、絵麻に史佳、そして沙貴と真希を奥にある一室に案内してくれた。

（オーナー……）

ここの秘密ショーは絵麻が経営しているのか。あまり詳しい話は聞いていない史佳は驚いていた。

ただ深く問いただす勇気もなく、ただあとについて部屋の中に入った。

「ここは……」

暗めの内装に革張りのソファがいくつも置かれている。ソファはすべて正面にある大きな窓ガラスのほうを向いている。

そのガラスの向こうには、円形ステージがあり、それを取り囲むようにボックス席がいくつもあった。

「VIPルームなのよ、ここは。そこの窓もマジックミラーになって向こうからは見えないから安心して観劇してね」

フリルなどがあしらわれたステージ向けのワンピース姿の史佳の肩を軽く叩いたあと、絵麻は二人掛けのソファの先に座って手を引っ張った。

この部屋は少し高い位置にあるのか、ソファに腰を下ろしてもステージは見下ろすかたちになっている。

彼女の言葉のとおり、ガラスの向こうの席は半分ほど埋まっているが、誰もこちらを意識している者はいなかった。

「は……はい……」

客たちはみんな、目の周りを隠す仮面をつけていて、秘密ショーのおどろおどろしい雰囲気が醸し出されている。

隣に座る絵麻がこのショーの主催者だというのか。そして自分はその女に日々新たな快感を仕込まれている、史佳はあらためて恐怖に背中を震わせた。

「みなさま、本日もごゆっくりショーをお楽しみくださいい」

沙貴と真希も別のソファに座ると、すぐに会場の灯りが薄暗くなり、逆にステージにはライトが照らされた。

そこにステージと花道で繋がった出入り口から、ドレス姿の女性がマイクを手に現れて客たちに挨拶をした。

（この人は本物の女の人だよね……）

ここで行われるショーはすべてそういう趣旨だと聞かされているからか、それとも日々、自分が女性化する一方だからか、かなり胸やヒップが目立つイブニングドレス姿の女を見ても史佳は疑う気持ちを持ってしまった。

（しかも、これから私もあそこに……）

女として客たちの前で挨拶をしなければならない。ボックス席のソファで拍手をする正装に仮面の客たちは二十人を超えているだろうか。

史佳は恐ろしく、隣にいる絵麻をすがるような気持ちで見た。すると彼女はにっこりと微笑んだ。

「これから出てくる子は光ちゃん。この前、あなたが見たビデオの子よ。ただ、あれから半年以上は経っているかしらね」

絵麻はたまたま目があったと思っているのだろうか、微笑んだあとに説明をした。

「半年……」

最初の日にショーの説明として見せられた動画。それには光という自分とそれほど歳の変わらない美少年が出ていた。

身体つきも男の子っぽく、乳首や肉棒で感じてはいたが、かなり戸惑っているように見えた。

(いまの私と同じ……)

どんどん目覚めていく身体と心に翻弄されている様子は、まさに現在の史佳といっしょのように思えた。

それから半年後の光は、もしかすると未来の史佳の姿かもしれなかった。

「ちゃんと見るのよ、ふふ、ほら、始まるわ」

顔を横に向けている史佳のあごを持って絵麻は正面の窓のほうを向かせた。

ほぼ同時に場内に音楽が流れはじめ、奥の出入り口のカーテンが開いた。

「ひっ」

客たちが拍手を送るなかで現れたのは、黒の革下着を身につけた長身の女性。その手には鎖が握られている。

鎖の反対側は青のブラジャーとパンティ姿の、四つん這いの光の首輪と繋がっていた。

「ほら、もっとちゃんと歩きなさい」

女は強く鎖を引いて、円形ステージへと歩いていく。光は四つん這いのままよろよろと進んでいた。

「みなさんにチンチンしてご挨拶」

革下着の女はメイクが濃いめできつい顔立ちだ。その見た目に違わずに強い口調で自分の足元にいる光に命令した。

「は、はい……」

光は抵抗する様子もなく、膝を立ちになって両手を持ちあげて犬のチンチンのポーズをとった。

よく見るとブラジャーの胸元はこの前のビデオよりもかなり膨らんでいた。

「みなさま、牝犬の光です。今日は私がヒイヒイ泣く姿を心ゆくまでご堪能ください。舞子さま、どうぞこのマゾのどうしようもない女をいじめ抜いて」

光は犬よろしく舌まで出しながら、客と隣に立つ革下着の舞子に訴えた。

客たちの拍手がさらに大きくなり、なかには指笛を吹いている者もいた。

(光さん……なんて顔を……)

その大きくなった胸、女性らしい身体のライン。光もまた女性ホルモンの注射を受けているのだろうか。

ただそれよりも史佳が気になったのは、その恍惚とした表情だ。

半年前だというビデオの中では、身体を責められるのを拒むように泣いていたのに、いまは大きな瞳を妖しく輝かせ、半開きの口元も微笑んでいるように見えた。

(悦んでる……まさか……そんな)

犬扱いされるのが嬉しいと光は思っているのか。もしかすると自分もいつかはそうなってしまうのか。

恐怖に怯える史佳の前でさらに驚愕の光景が繰り広げられた。

「うふふ、可愛いワンちゃん。さあ、ご自慢の性器になったお尻の穴をみんなさんに見ていただきましょうね」

「はい」

舞子は立ったままとくに具体的な命令はしていないが、光は自分から四つん這いの身体を回してお尻を客たちに向けた。

彼、いや彼女のお尻を覆っているブルーのパンティには大きなスリットが入っていて、割れ目が晒されている。

そしてなぜかそこから犬の尻尾のオモチャが生えていた。

(え、どこからあの尻尾!?)

パンティの生地に尻尾がつけられているわけではなく、光のお尻の割れ目からその尻尾は上に伸びている。

どうやって固定しているというのか、史佳は目を見開いてそこを見つめた。

「エッチな尻尾を外しましょうか、ふふふ」

史佳の疑問に答えるつもりはないだろうが、舞子は尻尾の根元辺りを摑んで前後に動かしだした。

「ああ、はああん、舞子さま、あああん、それは、ああ」

こちらに向かって突き出されている四つん這いのお尻から、尻尾が離れたりくっついたりを繰り替えす。

なんと尻尾の根元から黒いプラスティックの棒が伸びていて、光のアナルに挿入されていた。

「ふふ、すごく感じてるわね、光ちゃん」

史佳の隣に置かれたひとり掛けのソファの座っている沙貴が楽しげに言った。

実際、顔は見えないが会場には光の悩ましげな喘ぎ声が響き渡っていた。

「感じる……ああ……」

ブルーのパンティのスリットの真ん中でゆっくりとピストンされるプラスティック

の棒には禍々しいイボが無数についている。

それが引かれると光のアナルが大きく開きながら、肛肉が弾けるのだ。

「あああん、はあああ、お尻、あああ、たまりません、ああ」

光の声がいっそう激しくなった。史佳もアナルをよく指責めされるが、肛肉が開いた際に排便時に似た感覚に囚われ喘いでしまう。

アナルの開放は人間にとって快感なのだと自覚させられている。だから光の気持ちはわかるのだが、声の感じからして史佳の何倍も感じているように思えた。

(僕もいつかはほんとうにお尻であんなふうに)

しかも棒はかなり太いうえにイボまでついてる。傍目には痛々しいように思えるくらいアナルが開いているというのに、光は気持ちよくてたまらないようだ。

その姿に史佳はいつしか自分を重ねていた。

「うっ、くうう」

よがり泣く牝犬の己の感情がシンクロすると、アナルや前立腺が熱くなり、史佳はワンピースのスカートの中の両脚を内股気味によじらせた。

「あら、史佳ちゃんどうしたの？　モジモジしちゃって興奮してきたのかな」

史佳の右側には同じソファに座る絵麻が、左側にはひとり掛けのソファの沙貴がいる。

めざとい彼女たちが史佳の動きを見逃すはずもなく、すぐに手を伸ばしてきた。

「あっ、いやっ、だめです、あっ」

絵麻はスカートの中に腕を、沙貴はワンピースの前のボタンを外して胸元に手を入れて乳首を弄(もてあそ)んできた。

「ひあっ、こんなところで、あっ、あ、あああ」

絵麻の指はパンティの布をよけながら、肉棒の辺りをなぞってきた。

乳首とともに強烈な刺激というわけでもないが、史佳の肉体は敏感に反応していた。

「ふふ、感じながら見なさい。ほら、もっとすごくなるわよ」

絵麻があごをしゃくるようにして、史佳も顔をステージのほうに向けた。

円形のステージ上では、かわらずお尻をこちらに向けた光のアナルへの責めが強くなっていた。

「ああぁっ、はあああん、光、あああ、お尻、あああ、気持ちいい」

快感まではっきりと口にしている美少年のアナルに刺さった尻尾付きのディルドゥが激しくピストンされ、肛門が高速で開閉している。

「さあ、抜くわよ、力を抜きなさい、ほら」

一度最奥までディルドゥを押し込んだ舞子は、そこから一気に引き抜いた。

「ひあああああ」

顔は見えない光の絶叫が響く、アナルが開ききっただけでなく、肛肉が外に向けて引っ張られた。

尻尾が宙を舞うような感じでイボ付きのディルドゥが先端まで抜け、四つん這いでこちらに向けられている光のお尻がガクガクと上下に揺れた。

（す、すごい……）

アナルがそのまま抜け落ちてしまうかと思うような豪快な引き抜き、もし自分があれをされたら狂ってしまうのではないかと史佳は思った。

「あ、あああ……いや、ああ、ああ」

ただ、史佳のなかにあるのはもう恐怖ではない、アナルの奥がジーンと熱くなるような感覚のなか、絵麻と沙貴に責められる乳首や肉棒の快感に喘いでいた。

もし身体を嬲られていなくても興奮を隠しきれなかったかもしれない。そう思うと、彼女たちに弄ばれていることに少しほっとしていた。

「さあ、光、立って。あなたのいやらしい身体をみなさまにお見せしなさい」

まだヒップを揺らし膝が砕けそうになって、いる美しい牝犬に舞子から容赦のない命令が飛んだ。

「ああ……はい……」

光はフラフラと立ちあがると、身体を史佳たちがいる方向に向けた。

(ああ……光さん……)

自分よりもさらに女っぽい身体をブルーのブラとパンティに包んだ光。その顔から史佳は目が離せなかった。

あれほどの目にあわされたというのに、光の大きな瞳は妖しく潤んで輝き、唇も半開きのままで切ない息が漏れている。

史佳もまた絵麻たちに責め抜かれたあと同じような顔になるから、光が悦楽の余韻に浸っているのだというのがわかった。

「さあ、裸になりなさい」

光の首輪に繋がる鎖をぐいっと引いて舞子は命令した。光は素直に従い背中に腕を回してブラジャーを足元に落とした。

「えっ」

かなり大きめのブラカップが落ちるのと同時に、白く形のいい乳房がこぼれ落ちてきた。

史佳は驚いたのは、その巨乳ぶりで、女性ホルモンで膨らんだ小ぶりな史佳のバストとは比較にもならないくらいだ。

「光ちゃんのおっぱいは大きくて綺麗でしょ。Eカップあるのよ」

横から手を伸ばして史佳の乳首をいじりつづける沙貴がステージのほうを見つめたままつぶやいた。

「もちろん、お薬だけであそこまで膨らまないわ。私が手術をしてつけてあげたのよ」

さらに続けて沙貴は恐ろしい言葉を口にした。沙貴の本業は美容整形で、クリニックにも注射を打つために訪れたことがあるから知っていた。

女性の乳房を大きくする豊胸手術があるのは聞いたことがあるが、まさか男に、それも少年にするなど信じられなかった。

「ふふ、驚くのはまだ早いわよ」

史佳のスカートをもう太腿が露出するくらいにまでまくりあげて、ピンクのパンティに手を入れている絵麻がステージのほうを見るようにあごをしゃくった。

ちょうど舞台上では恥ずかしげに頬を染めたバストが膨らんだ美少年が、最後の一枚に手をかけていた。

「さあ、もっと脚を開いてみなさんにご挨拶よ」

ガラスの向こうから舞子の命令が聞こえてきた。光は言われるがままに両脚を大きく開いて股間を見せつけた。

まだ光の肉棒はだらりとしている。自分にもついているモノと乳房のギャップが異様だった。

「ああ、はうっ、絵麻さん、そんなに激しくしたら、あ、あああん」

ただ乳房よりももっと驚くという意味はまだわからない。絵麻の指は本格的に肉棒をしごいたり、アナルを押してきたりしていて、史佳はワンピースの身体を切なげにくねらせ快感に翻弄されていた。

「光ちゃん、お尻の穴もちゃんと見せなさい。ほら、自分でおチ×チン持ちあげるの」

「は、はい」

ここでも光はどこかうっとりとした表情を見せながら、自ら腰を前に突き出し、股間を客たちに見せつける。

そして肉棒を持ちあげてセピア色をしたアナルも晒した。

「ふふふ、なにか気がつかない？　史佳ちゃん」

左側から史佳の大粒になっている乳首を強くひねって沙貴が、ステージの上の光の股間を指差した。

「ひうっ、あ、なにがですか、あ、あああ」

背中まで駆け抜ける電流のような快感に喘ぎながら、史佳は指された方向を見た。

少しさっきよりも勃起しているように見える持ちあげられた肉棒と、ヒクヒクと動いているアナル。それが見えるが、なにがおかしいというのか？

「ヒントはね、普通はこのポーズじゃアナルは見えないはずだというところよ」

今度はクイズのようなことを言って、絵麻が指を史佳のアナルに押し入れてきた。

「いっ、いやっ、お尻は、ああ、どこがって、ああ、ああ、えっ、ええっ」

すっかり快楽器官となっている肛肉のピストンに喘ぎながら、もう一度離れた場所にある光の股間を注視したとき、史佳は目を剝いた。

「な、ない」

もうそれだけしか言葉が出なかった。そう普通は男性なら裸で脚を開き、肉棒を持ちあげて腰を突き出すポーズをとっても玉袋が邪魔をして正面からアナルは見えないはずだ。

光の股間には睾丸が入っている男の袋が消えているのだ。

「そうよ、光ちゃんはタマタマを全部取って、より女の子に近い存在になったの」

「これも私が手術をしたの。お股もすごく綺麗でしょ」

睾丸を取ることを当たり前のように言った女社長と、こだわりがあるのだと自慢げにいった女医は、さらに責める手を激しくしてきた。

「ああああっ、そんな、なんのために、あっ、ああああ」

乳首とアナルの快感によがり泣きながら、史佳は恐ろしさに涙を浮かべた。

いつか自分も光のような恐ろしい身体にされてしまうのだろうか、恐怖に全身が震えるが、なぜか性感は強く燃えあがっていた。

「タマタマは男性ホルモンを分泌してるの。男が男の体型であるためのホルモンね」

筋肉を増やしたりするのも男性ホルモンの役目のひとつだと沙貴は続けた。

「それがなくなると一気に身体が女の子になるの、女性ホルモンのお薬の効果も強くなるわ。ほら、もう光ちゃんの体型は女の子でしょ」

確かに光の身体のラインに比べたら、史佳のほうは女性化しているとはいえ、男の体型に思える。

ただ睾丸を取ったらもう戻すことなどできないのに、どうしてこんな異形な体型をしているかもう理解が追いつかなかった。

ってきた。

「史佳ちゃんも取っちゃう？」

恐ろしいことを軽い調子で口にしながら、絵麻は激しく指を史佳の肛肉をいたぶってきた。

「あああっ、いやっ、いや、僕は、あああ、取られるなんて、いやだ」

あまりの恐怖に史佳は女言葉を忘れて、激しく頭を横に振った。このまま玉を取られてしまうような気がして、ワンピースの身体も大きくよじらせた。

「だめじゃないの。私は取りたくありませんでしょ？」

それが気に入らなかったのか、絵麻は指を二本にして史佳のアナルに押し込み、沙貴は両手を使って史佳の二つに乳首を同時につねった。

「ひっ、ひいいいい、許して、あああん、私、ああ、あんなふうには、ああ」

絵麻の怒りに敏感に反応し、史佳は慌てて声をあげた。彼女に抵抗する気持ちは日に日に小さくなっていっていた。

「ちょっと、いい加減にしてくださいよ。せっかくのワンピースが台無しじゃない」

二人の美熟女が狼狽える美少年を一気に責め抜こうとしたとき、ＶＩＰルームに真希の大声が響いた。

史佳が来ているワンピースはもう胸が大きくはだけ、スカートも腰までまくれあがっている。

これからステージに出るというのに衣装を乱していることが真希は耐えられなかったようだ。

「ごめーん」

素直に絵麻と沙貴が謝って手を離していった。

「あ……あああ……」

快感が一気に収まっていく感覚のなか、史佳は霞がかかったような視界の中で玉袋のない光の股間を見つめつづけていた。


「さあ、みなさま、新人の登場です」

光が去ったあとの舞台に再びドレスの女が立ち、後ろにある出入り口を指差した。

カーテンが開き、眩いばかりの照明に史佳は目を瞬かせた。

「いきなさい、史佳」

フリルのついたアイドル衣装のようなワンピースの史佳は、黒のドレスに着替えた絵麻に背中を押されて慣れないパンプスで歩きだした。

踵が高いタイプではないがそれでもうまく歩けずによろけてしまう。

「この子の名前は史佳ちゃん。オーナー直々にショーに向けての訓練中です、今日は会員のみなさまに顔見世に登場しました」

女性のアナウンスが響くなか、史佳が花道をゆっくりと歩いていき、その後ろから絵麻も寄り添ってくる。

舞台上が明るいので会員たちの顔はよく見えないが、仮面をつけた大人が大勢いる空間は異様で、史佳は顔をあげることもできず、とぼとぼと進んでいた。

「可愛い顔立ちだな、でもどこかで見たことがあるぞ」

場内に音楽は流れているが音量は抑えめなので、円形のステージを囲んだボックス席に座る客のひとりの声が聞こえていた。

おそらくはアイドルとして活躍する妹に似ていると気がついたのかもしれない。

「さあ、真ん中に立って顔をあげて」

「は、はい」

ＶＩＰルームにいたときと違い、ダイレクトに客の声や息遣いが聞こえてくる。

それらに言いようのないプレッシャーを感じながら、史佳は言われたとおりにワンピース姿でスポットライトの下に立ち、正面を向く。

「おおお、美しい」

すると客たちの拍手が一気に大きくなった。瞳が大きく唇も小ぶりで整った、幼げな美少年に興奮が昂(たかぶ)っているように見えた。

「なるほど、オーナーが直々に連れてくるだけのことはあるな」

真正面にいる、もちろん仮面で顔を隠した男性が感心したように言った。

アイドル衣装のようなワンピースにも史佳はまったく見劣りしない。愛らしい顔だけでなく膝より少し上のスカートから伸びる脚も真っ直ぐでしなやかだ。

知らない人間が見たら男だとは誰も気がつかないだろう。史佳の華のある美しさは一瞬で客たちを魅了していた。

「うふふ、みなさま、見とれていらっしゃる。先ほど誰かに似ているとおっしゃった方がおられましたが、実はこの子、私の主宰するグループであるＧＧのセンター、太田史乃の実の兄なのです」

言葉遣いは丁寧だが、少しフランクな口調で絵麻は自慢げに言った。同時に客席から歓声とさらなる拍手が巻き起こった。

「ほら、史佳ちゃん。みなさまにご挨拶して」

盛りあがる仮面の客たちを見回したあと、絵麻は史佳の耳元で囁(ささや)いてきた。

「ああ……はい……」

ステージに立って注目を浴びる。妹と同じかもしれないが自分の場合はずいぶんと状況が違う。

みんな、目の前の女装をした美少年が、禁断の快楽によがる姿を待ちわびるように見つめているのだ。

「お、太田史佳です、みなさま、どうぞよろしくお願いします。あ、あと、私は……」

自分のことをフミヨシではなくフミカと呼んで自己紹介する屈辱。スカートから膝が露出した脚が震えている。

ただ、史佳が口ごもったのはそれが理由ではない。あらかじめ仕込まれている挨拶の続きがすぐには言えなかったのだ。

「どうしたの？　続けなさい」

客たちに見えないように絵麻がスカート越しに史佳のお尻の谷間をなぞってきた。

「あっ、あ、はい」

ビクッと身体が反応してしまう。熟女の指が谷間を撫でただけでアナルがキュッとすぼまり、これ以上恥ずかしい声をあげてしまわないように史佳は顔をあげた。

「い、いまはまだ潮吹きくらいしか目覚めてませんが、これからもっと、ああ、いろいろなところで感じられるようにがんばり……ます……お願いします」

声を震わせながら史佳はどうにかその口上(こうじょう)を言い終えた。

準備のため、光のそのあとのステージは見ていないから、ここでどんな淫らな行為が行われたのかは知らない。

だが、この先、史佳は生き恥のような姿をこの仮面の客たちの前で晒しつづける。それだけは確定しているように思えた。

「よ、史佳ちゃん、俺たちを楽しませてくれよ」

ひとりの会員がかけ声をかけて手を叩いた。全員、タキシードなどの正装だが中には少しがらの悪い人間もいるようだ。

「オーナー、潮吹きまですんでいるのなら、なにか見せてくださいよ。ワンピース姿も可愛いがこれで終わりじゃもったいない」

さらにいちばん前に座っている白髪の男が言い、他の客たちがいっせいに拍手をした。

「え、え、ええ？」

ここでなにをしろというのか。今日は挨拶だとしか聞かされていないし、なにより史佳はこの異様な空間から少しでも早く逃げ出したかった。

「ふふ、仕方がないですね、みなさん欲張りなんだから」

観客たちの煽りににやりと笑った絵麻は、ドレスからはみ出ている巨乳を史佳の背中に押しつけるようにして抱きしめてきた。

そしてワンピースのボタンを背後から回した手で外しはじめた。

「あ、いやっ、待ってください、今日は挨拶だけって、あっ、ああ」

ワンピースのボタンは抵抗の暇もなく全部外され、純白のブラジャーとそれに負けないくらいに白いお腹も露(あらわ)になった。

全力で暴れたら絵麻の手を振り払うこともできたかもしれないのに、史佳はなぜか力がうまく入らなかった。

「いっ、いやああ」

史佳のか弱い悲鳴がスポットライトに照らされたステージと薄暗い客席に響くなか、ヒラヒラとしたワンピースが足元に落ちた。

ブラジャーとそれに揃いのパンティだけの細身の身体が露になる。

「おっ、史佳ちゃん、綺麗な身体してるな、女の子みたいだぞ」

先ほど大声をあげた男がまた煽るように叫んだ。女の子みたいだという言葉が史佳の心に突き刺さる。

「あっ、いやっ、もうこれ以上は」

女性化した身体を恥ずかしがっている暇もいまの史佳にはない。絵麻はさらにブラジャーのホックも外して肩紐を下ろしてきた。

「いっ、いやっ、もういや」

ようやくここで史佳は慌てて胸を腕で覆い隠した。

「どうしたの？　遅いか早いかの違いだけよ。あなたはみなさんの前で自分の全部を晒さないといけないの」

そう言ってバストを隠している史佳の細い手首を絵麻がギュッと摑み、さっきの男がそうだそうだと声をあげた。

「あああ、そんな……あ、ああ……いやっ」

もう自分は逃げられないことに変わりはない。そう思った史佳の腕を絵麻が上に持ちあげていく。

唯一、身体を隠しているパンティの腰がよじれるなか、形よく膨らんだ乳房がポロリとこぼれ落ちた。

「おお、素晴らしい、美しい乳首だ」

「ほんと、まさに女の子だわ、おチ×チンがあるのが信じられない」

少し膨らんでいるようにも見える史佳のパンティの股間を見つめて、女性会員までもが声をあげている。

みんなが明らかに興奮している。そのくらいふっくらとした乳房とピンクの乳首を持つ美少年の身体は美しかった。

「ああ……いや……」

そして史佳の羞恥心もピークに達していた。身体が普通だったころはプールで海パン一枚だったこともあるのだから、いまと同じ格好だ。

だが、女性化している肉体を見られるのは、たまらないくらいに恥ずかしくつらかった。

「あれを持ってこさせて」

花道の向こうで控えている女性司会者に絵麻が言うと、彼女は頷いて中に入っていった。

すぐにガラガラと車輪を回す音がして、カーテンの向こうから男二人が木でできた台のようなものを押してきた。

「ひっ、いやっ」

固く目を閉じていた恥じらう少年がそちらに顔を向けると、男二人がかりで、木の車輪が装着されたそれを押していた。

上には二本の柱の間に、大きな丸い穴とそれを挟むように小さな穴が空けられた板が取りつけられている。

本物を見るのは初めてだが、それがギロチン台であることはすぐにわかった。

「大丈夫よ。刃はないからね」

赤らんでいた顔を一気に青くした史佳に絵麻が語りかけるなか、男たちはギロチン台を円形のステージの中央に持ってきた。

そして板の留め金を外し、上半分を持ちあげた。

「さあ、いくのよ、史佳」

「いっ、いやっ、あっ、ああ」

ギロチン台に拘束される。その恐怖に史佳は今度こそ力を振り絞って抵抗する。

だが黒服の男たちに強引に押さえ込まれ、強い力で首と手首を板に乗せられて、板を閉じられた。

「あああ、こ、こんなの、ああ、いやあ」

白いパンティ一枚の美少年は、ギロチン台から両手と頭を出して拘束された。

板の向こう側は腰を九十度に曲げた状態で、プリプリとした桃尻を突き出し、乳房も晒されていた。

「ふふ、史佳の可愛い声をみなさん聞きたいのよ。たくさんいい声出してね」

ギロチン台に固定されているので、史佳に後ろは見えない。そちらから絵麻の声がして乳首に指が触れてきた。

「あっ、いやっ、だめです、あ、ああっ」

絵麻の指は巧みに動き、日々鋭敏に成長している史佳の乳頭をこね回してきた。

大勢に見つめられて恥ずかしいというのに、背中まで突き抜ける快感に史佳は甲高い声をあげてしまった。

「おお、確かに声まで可愛いな。素晴らしい」

客席からまた声がかかった。ステージを取り囲んでいるボックス席から身を乗り出すようにして、全員がギロチン台の美少年を凝視していた。

「そうですの、この子は見た目も感度も声も、すべての才能を持ち合わせているのですのよ」

自慢げに言う絵麻の声が聞こえ、強く乳首がひねられた。

「ひあっ、あああ、あああああん」

板のせいで見えないから快感はいつも突然だ。反応もかなり強くなり、史佳はなすすべもなくよがり泣いてしまった。

（こんなに大勢に見られてるのに……いやあ）

半分女性化した身体を晒し、いまは絵麻の思うさまに喘いでいる。それを見ず知らずの数十人に見られていると思うと、史佳はもう頭がクラクラして気が遠くなった。

「ふふ、もう乳首が尖ってきたわ」

「あああ、ひいいい、あああああん」

ただ身体の淫らな反応は止まってくれない。自分でも驚くくらいに過敏だ。

腰を曲げて膝を伸ばした身体全体がジーンと痺れていて、突きだしたヒップが勝手に動いている。

先ほど絵麻が言ったすべての才能というのはこの淫らな反応も含まれているのか、このまま自分はあの光のようになにをされてもよがる、男、いや、女になるのか。

「あああ、いやあああ、あああん」

ギロチン台から頭と手を出した少年は、大きな瞳を濡らしながら唇を割ってよがり泣きを続けていた。

「さあ、いよいよ、みなさま。史佳ちゃんのすべてをお見せしますわ」

板の向こうから絵麻の声が聞こえてパンティに手が引っかかる感触があった。

同時に正面にいた客たちが一目見ようと移動を開始する。

「いや、脱がさないでください、あっ」

史佳の願いなど聞き入れられるはずもなく、パンティは一気に足首まで下げられた。

剝き出しになったヒップの肌やアナルが空気に触れる感触がある。

「ほう、アナルもまだまだ可愛らしいな。どこまで開くかな」

「お尻がプリプリね。ほんとうに最高の素材だわ」

板越しに会員たちの声が何度も聞こえてきた。自分のすべてを見られている。史佳は死にたいくらいの気持ちになるが、もう逃げるどころか振り返るのも叶わない。

「うふふ、お尻は開発中といったところですが、もう前立腺もかなり敏感ですのよ」

沙貴と絵麻の手によってじっくりと目覚めさせられたアナルの奥。確かにここのところ自分でも驚くくらいの快感を得るようになっていた。

「いくわよ、史佳」

あらためてきつい口調で呼び捨てにした絵麻の指が、アナルを大きく開いてきた。

感触でわかる。二本同時に挿入されている。

「ああああっ、だめえぇ、あああん、あああ」

かなり肛肉が開いていく感触があり、腸壁までも拡張しながら二本の指は中に入ってきた。

先ほどＶＩＰルームでかなり責められていたせいか、まったく痛みもなく史佳は肛肉責めの快感に喘いでいた。

「確かにいい反応だな。顔もすごくいやらしくなってるぞ、史佳ちゃん」

板から出ている史佳の顔の側に残っている会員がしたり顔でいった。

彼は史佳のよがり泣く表情をすぐ目の前で見つめていた。

「あああ、いやあ、あああん、あ、はうっ、そこは」

悦楽に歪んだ顔を間近で見られているという思いに心が痛むなか、絵麻の指が前立腺をまさぐりだしグリグリと弄んできた。

「ああああっ、はうん、そんなふうに、あっ、あああああん」

感度があがった前立腺への刺激はまた格別だ。肉棒でしか感じられないと思っていた自分の肉体が新たな快感に目覚めていると強く感じさせる。

美熟女たちに時間を掛けて開発されたそこは、史佳を一気に狂わせるのだ。

「あはは、おチ×チンはち切れそう」

突き出された史佳の股間を覗き込んでいるのか、女性の声がしてきた。

女の言葉のとおり、史佳の肉棒は前立腺の快感に反応して一気に勃起していた。

「うふふ、出すところを見てもらおうね、史佳」

「あ、そんないや、あああ」

アナルに入れた指をピストンさせながら絵麻は、肉棒のほうにも少し指を触れさせてきた。

「あ、あああああ、いやあ、あああん、はうっ、くううう」

大勢の前で射精をさせられる。その恥ずかしさに史佳は泣き叫ぶ。ただもう絵麻の指が触れただけで危うくイキそうになるくらいに肉棒が痺れていた。

(ああ……身体がどうしようもないくらいに熱い……)

史佳には恥ずかしさやつらさを快感にかえるマゾの性癖があると絵麻たちに言われて否定していたが、いま会員たちにアナルや肉棒を責められる姿を見られながら、さらに身体が燃えている。

暴走する自分の身体が悲しいが、そのつらさも快感にかわっているように思えた。

「待ってくれ、オーナー。それだけ前立腺が敏感なんだからドライを見せてくれよ」

混乱する美少年の後ろで男の声が聞こえてきた。

(ドライ……?)

また意味のわからない言葉が板の向こうから聞こえてきて、史佳は目を見開いた。

睾丸のない少年の股間、わけのわからない言葉。この空間が魔界のように思える。

「うーん、まだそこまでとは思いますけど、いちおうやってみますわ」

絵麻が会員に答える声も聞こえてきて、アナルの中にある二本指がゆっくりと腸壁を押しはじめた。

「あ、あああ、いやっ、あああ、くうう、やめてください、ああ」

ここが魔界だとしたら自分は生贄だ。悪魔たちの前で抵抗を封じられ、されるがままに身を捧げるしかないのだろうか。

つらくて史佳は涙を流すが、腸の中の指は動きが止まらない。

「力を抜くんだ。オーナーに身を任せなさい、そうすれば気持ちよくなれるぞ」

ギロチン台の史佳の正面にいる仮面の男がそう囁き、頬を撫でてきた。

「いや、あああ、こんなの、あっ、ああああ」

そんなことを言われて素直に身を任せられるはずがない。ただもう膝にも腰にも力など入らない。

最近ではアナルを開かれると気持ちまで緩んでいき、責めに身を任せてしまう。

心までこの異常な快感に支配されはじめているのかもしれなかった。

「あああ、ひいいん、あああ、もう許してください、あああ」

大勢の視線が剝き出しのヒップやアナルに降り注いでいるのが感じ取れる。メイクをした顔を見つめられ、お尻の穴をほじられる姿を晒しているというのに、淫らな声が止められない。

史佳はそれが情けないが、暴走する肉体は完全に心から離れていた。

「あらあら、ずいぶんとたくさんトコロテンが出てきてるわ。もう少しじゃない？」

また女の声がした。史佳のギンギンに昂っている肉棒の先端から透明の粘液がヨダレのように滴っているのだ。

これは前立腺液といって精液の材料のひとつが、そこへの刺激によって漏れてくるものだと沙貴から教えられていた。

最近ではこのトコロテンという現象も頻繁に起こるようになっていて、史佳の心を傷つけていた。

（ああ、恥ずかしい、あああ、でもチ×チンが……）

肉体が昂りきってくると、勃起した肉棒が焦れてたまらない。竿の根元が脈打ち、亀頭が熱くてむず痒い。

自分でしごきたいという衝動に駆られるが、ギロチン台に拘束されたこの状態ではどうしようもできない。

「あぁあっ、絵麻さん、あああ、私、あああ、ああん、辛い」

絵麻の指は肉棒に触れてもくれない。男の快感への渇望で史佳はもう気が狂いそうだった。

「もう少し我慢して、史佳。射精したら台無しになるから」

絵麻は板で隔てられた美少年にそう声をかけながら、二本の指でじっくりと前立腺を刺激しつづける。

そこを押されるたびに突き抜ける快感に怒張が痺れて、史佳はたまらず腰をくねらせた。

「あああ、はあああん、もう頭がおかしくなりそうです、ああ、おチ×チンを」

観衆に見つめられているのがわかっていても、なりふりかまっていられない。

切なげに腰を曲げた下半身をくねらせ史佳は懸命に叫んでいた。

「だめよ、我慢なさい」

絵麻は前立腺を嬲る指は止めないまま、もう片方の手で史佳の尻たぶをピシャリと平手打ちしてきた。

「は、はうっ、あああ、あうっ、あああ」

けっこう強めにぶたれていて、尻肉の痛みに史佳は声をあげた。ただジンジンと熱い痛さが肉棒の疼きをごまかしてくれた。

（えっ、これなに……）

二発三発と続くヒップの痛みと肉棒の脈動に翻弄されていた史佳だったが、新たな感覚を前立腺から覚えてはっとなった。

腸越しに押されつづける前立腺からの快感が自分の身体の中で大きく膨らんでいた。

「あああっ、なにこれ、あああ、いや、あああ」

その快感はどんどん広がっていき、腰骨からお腹まで痺れていく。自分の身体が新たな暴走を始めている。

それは明らかに射精や男の潮吹きとも違っていた。

「オーナー、史佳ちゃんはドライオーガズムに向かっているようだぞ。もう少しだ」

前で史佳の顔を見ていた会員が興奮気味に叫んだ。彼らは表情からそれがわかるのだろうか。

「すごく前立腺が動いてきたわ。もうすぐよ、身を任せなさい、史佳」

かわらず丁寧に指を動かしながら、絵麻も声を大きくしている。

自分でも前立腺の辺りがうねっているような感覚があった。

「あああ、いやあああ、あああ、でも、あああ、あああ、おかしくなる、ああ」

これ以上、異常な快感を仕込まれたくない。たがもう全身が快感に溶け落ち、ギロチン台の板から出ている両手の先まで痺れている。

絵麻に命令されなくても身を任せるしかなく、史佳は腰を折った身体をよじらせ、ただひたすらに絶叫した。

(ああ、なにか来る)

胸の下で小ぶりな乳房が揺れるなか、快感が一気に大きくなった。これがドライオーガズムなのだろうか、一気に全身が痺れていった。

「あああっ、いやっ、あああああ、あああ、おおおおおお」

大きく唇を割った史佳は、下を向いていた顔を正面に向けて雄叫(おたけ)びのような声をあげた。

肉棒の奥の辺りがギュッとすぼまる感覚とともに、身体の中でなにかが弾けた。

「ひあああああ、あああ、はあああああああ」

高い声の絶叫が場内に響き、立ちバック体勢の身体がガクガクと上下に震えた。

絵麻の指を呑み込んだお尻が大きく振りたてられているが、これは史佳の意志ではない。勝手に動いているのだ。

(これがドライオーガズム、くうう、狂っちゃう)

凄まじい快感に身体が歓喜しているだけでなく、脳まで蕩けるような感覚がある。

そして射精は一瞬だが、この絶頂は長い。史佳は大きな瞳を見開いたまま、獣になったように叫びつづけた。

「はああん、はうううう、あああ、も、もう、ああ、あ……ああ……」

時間にしてどのくらいかはわからない。ただもう心臓が止まってしまうと思ったとき、ようやく快感が収まっていった。

もう力など一滴も残っていない。史佳はギロチン台から出ている頭をがっくりと落としてうなだれていた。

「ついにドライオーガズムを迎えたね、史佳ちゃん。ドライは男でも女性の絶頂を体感できるんだよ。射精の何倍も気持ちよかっただろう、ふふ」

息も絶えだえの美少年に正面にいる男がそう語りかけてきた。そちらを見る気力ももうないが、学校で下ネタ好きの友だちが、女がイクときの快感は男の射精よりも遥かに気持ちいいらしいと話していたのを思い出した。

いま史佳はその絶頂を味わったというのか。

「ふふ、お尻も開いたままでいやらしいわ。この先が楽しみね」

板の向こうから聞こえてくる女性会員の声。それが史佳が普通の男の子に戻ることはないと告げているような気がして悲しかった。

第四章　地獄のドライオーガズム

「ほら、入れるわよ。うふふ」

たわわなバストを晒した沙貴が、革パンティの股間でそそり立っているディルドゥを見せつけたあと、仰向けになっている史佳の両脚を割り開いてきた。

「あ、いやっ、あああ、はっ、はうん」

絵麻のマンションにある調教部屋の、鉄格子のような枠でできたベッドに寝て、史佳はアナルを硬いプラスティックで犯されていた。

ディルドゥを使って責められた経験はあったが、このように男が女を犯すようなかたちで挿入されるのは初めてだ。

「ほんと、史佳ちゃんって可愛い声で泣くわね」

革パンティだけの姿の美熟女は舌なめずりをしながらゆっくりと腰を押し出す。

肛肉が大きく拡がっていき、黒のディルドゥが中に沈んでいった。

「あっ、あああ、だって、だって、あああん、あああ」

ディルドゥは男のモノが勃起したときの形をしていて、亀頭部のエラが腸壁を擦りつける。

それだけで史佳は敏感に反応し、瑞々しい十代の身体をくねらせてよがるのだ。

「あ、あああん、いやあああ、あああっ、ああ」

「いやだなんて嘘を言わないの。ふふ、もう女の子じゃないの、あなたは」

なよなよと首を振りながら喘ぐ史佳の両足首を強く摑んで引き裂きながら、沙貴は一気に奥までディルドゥを突き出した。

「ふあっ、だめ、あああああ、はうううん」

少しオクターブの低い声を、それでも男にしては高い喘ぎ声をあげながら、史佳は仰向けの身体をのけぞらせた。

身体の上で形のいいBカップの乳房がブルンと揺れた。

「ほらほら」

「あああん、あああ、そこは、ああ、あああああ」

さらにピストンまで始めた沙貴の疑似肉棒が捉えているのは、前立腺がある場所だ。

ここを責められると史佳は呼吸もままならないくらいに感じてしまう。一度、ドライにのぼりつめてから、完全なる性感帯となっている。

(ああ、もうおチ×チンよりも……)

毎日のようにバイトにいくというていで、絵麻と沙貴に調教を受けている。

射精や男の潮吹きをさせられる日もあるが、ほとんどはこの前立腺を責められて、ドライオーガズムに追いあげられていた。

「あああっ、はあああん、そこばかり、ああっ、はうん」

そのなかで史佳の前立腺は、医師である沙貴が女の膣よりも感じているのではないかというくらい鋭敏に成長していた。

「ふふ、可愛いわ、史佳。女の子よりも美しくて、エッチよ。髪型も似合ってるわ」

ベッドの傍らには黒下着から乳房をはみ出させた絵麻が座っていて、よがる史佳の頭を撫でてきた。

こうして調教を受け出してから初めて髪を切った。とはいっても真希が整えてくれた程度だが、横や後ろが以前よりも長くなっていてショートボブに近い髪型だ。

毎朝鏡を見るたびに自分が別人になったと、髪の毛まで言ってくる気がした。

「あああっ、沙貴さあん。ああ、激しい、あああ」

両手でシーツを摑みながら、史佳はただひたすらに喘ぎつづけていた。

沙貴という強さも感じる人に、自分が組み伏せられるように犯されていることに身も心も痺れていた。

(ああ……僕のチ×チン、なんの反応も……)

最近、前立腺を責められた際に肉棒は勃(た)ったり勃たなかったりだ。今日はだらりとしたまま、ヨダレのように透明の液体を垂れ流している。

そして顔をあげると沙貴がピストンのたびに、巨乳をブルブルと揺らしていた。

(おっぱいを見ても私……)

以前ならこんな美人の乳房を生で見たりしたら、十代の史佳の肉棒は射精するまで収まりきらないくらいに昂(たかぶ)っていただろう。

なのにいまは身体だけでなく心の興奮もない。心が欲情しているのは太いディルドウでアナルを責められ喘がされていることに対してだ。

(どうなっていくの……このままじゃ)

女として生きる道しかなくなってしまうのか。そう考えると泣きたくなってきた。

「ふふ、どうしたのへんな顔して、もっとしてほしいのね」

いろいろな感情が入り交じって複雑な表情をしている史佳を、沙貴はさらに突いてきた。

「はあああん、あああ、沙貴さん、あああ、あああ」

硬いディルドゥの先端が腸の奥を捉え、前立腺が歪むと、頭の奥が痺れるくらいの快感が突き抜けていく。

重たい気持ちなど一気に押し流され、史佳は細く白い身体をベッドの上でのけぞらせた。

「可愛いわ、史佳ちゃん。最高よ」

沙貴は黒パンティの腰を激しく前後に動かしてピストンさせる。

彼女の目は少しイッている感じで、唇は口角があがり恐怖を感じさせた。

「乳首もこんなにしちゃって」

腰遣いを強くしたまま沙貴は手を伸ばして史佳の両乳房を揉み、乳首を爪先で軽く引っ掻いてきた。

「はうっ、沙貴さん。ああ、同時なんて、ああ、だめです、ああ」

Bカップの柔肉が歪み、ピンクの先端が弾かれると前立腺とは違った快感が背中まで震わせる。

もう全身が痺れ落ちていく。史佳は大きな瞳を泳がせながらよがり狂った。

「おっぱいも感じやすくなったわね。うふふ、光ちゃんみたいに大きくしてあげようか？　私とお揃いのGカップくらいはどう」

いまは彼女の手のひらに収まる史佳の乳房を揉みながら、沙貴は笑った。

ただその目はまったく笑っていない。彼女の言葉が半分以上は本気に思えた。

「あああっ、いや、そんなの、あああ、絶対にいやです、あああん」

手術で乳房を胸に取りつけられる。史佳にとってはそんなイメージだ。

いまの女性ホルモンで乳房が現れているのを見るだけでも毎朝つらいのに、そんな身体にされたら自分はもう人間ではなくなってしまうように思う。

「お願い、あああ、いやいや、ああん、あああああ」

泣き叫びたいが史佳はそこまで感情がたどり着かない。前立腺の快感があまりに激しすぎて心まで蕩けている。

とくにドライオーガズムを迎えると、幸福感に胸が満たされるような思いに支配されてしまい、自分の行く末を憂う気持ちも萎んでしまうのだ。

（イカされたときにおっぱいつけようって言われたら……私は……）

もうふだんでも「僕」という言葉を忘れている。ドライオーガズムに身も心も痺れている状況で沙貴や絵麻になにかを求められたら、すぐに受け入れてしまうのではないか。

恐ろしくてたまらないが、いまもディルドゥで突かれるとただ喘ぐだけの牝犬になり果てるのだ。

「あんたみたいな下品なおっぱい、可愛い史佳に似合うわけないでしょ」

横で二人のやりとりを見ていた絵麻が半笑いで言った。

「下品って、じゃあ、絵麻のだってそうでしょ、大きさはほとんど同じなんだから」

そう二人ともウエストは細いというのに乳房は巨大で、抜群のスタイルだ。

なのに自分はもう男として反応しなくなっているのだ。

「あああっ、あああん、私、あああ、もうだめ」

心が悲しみに締めつけられても、いや悲しむほどに快感が強くなる。

自分にはつらさを興奮にかえるマゾの性癖があると言われた。それももう否定できず、史佳は快感に呑み込まれた。

「ああ、はあああん、イク、史佳、ドライでイキますううう」

イクときはちゃんと言葉にしろと絵麻に命じられている。どれだけ意識が怪しくなっていてもそれは守りながら、史佳は仰向けの身体を大きくのけぞらせた。

「はうっ、あああ、すごい、ああん、ああああ」

射精の何倍も強く、そして長い快感。それが史佳の全身を蕩けさせていく。もうこのまま女として生きるのもいいのではないか、そう感じてしまうくらいに身も心も満たされていた。

「はうっ、はう、あああ、あああ……」

まるでバネでもついたかのように腰を上下に揺すったあと、史佳はぐったりとベッドに身を投げ出した。

いつものように心の中まで幸福感に満たされていく。女性とのセックスも知らない十代の少年はそれに溺れないでいようとする強さは持っていなかった。

「可愛いわ、史佳ちゃん。もっと感じるのよ」

ドライオーガズムの余韻に大きな瞳をうっとりと泳がせている史佳の両脚を、女医はあらためて抱え直して腰を再び使いだした。

腸の奥に押し込まれていたディルドゥが、前後運動を再開してアナルが大きく開かれていった。

「ひっ、いやっ、あああ、もうイキました。ああ、イッたからあ、あああん」

前立腺が歪まされる感覚とともに快感が気怠い身体を駆け抜けた。まだ呼吸も速くなったままだというのに。

「うふふ、ドライオーガズムは連続して何度もイケるのよ。これが射精との違いでもあるわね」

横から絵麻が大きな瞳を濡らして頭を振る史佳に囁いてきた。

「そ、そんな、あああ、私、ああ、これ以上は、ああ、もうイキたくない、ああ」

細くしなやかな両脚がほとんど真一文字まで開かれ、その真ん中にあるアナルに黒いプラスティックのディルドゥが激しく出入りを繰り返す。

上にある肉棒はいまだだらりと頭を垂れたまま、掻き出されるようにトコロテンの液を漏らしていた。

「あああっ、ひうっ、あああ、いやあ、あああん、あああ」

いくら気持ちで嫌がっていても、絵麻の言葉のとおり快感はどんどん強くなっていく。

ディルドゥが引かれてアナルが開けば気持ちよく、奥を突かれて前立腺が歪めば背骨が震えるくらいの快感が突き抜けていった。

(あああ、何度もイカされるの……ああ……)

頭がおかしくなってしまうのではないか、そう思いながら史佳は再び頂点に向かっていった。

「あああっ、あああ、もうイキます、あああ、私、またイッちゃう」

シーツをギュッと握りしめ、史佳は大きく唇を割り開いてのけぞった。

先ほどとまったくかわらない絶頂の発作が襲いかかってきた。

「イクううううう」

もうすべてを忘れた美少年はアナルでディルドゥを食い締めながら、獣のような絶叫を繰り返した。


「お兄ちゃん、どうしたの？ ごはん美味しくないかな？」

今夜は妹の史乃も休みで、合わせてくれたのか絵麻からの呼び出しもなかったので、久しぶりに兄妹揃って夕食を食べていた。

「いや美味しいよ。ちょっと今日は体育がきつかったから疲れてるんだ、く……」

テーブルの向こうに座る妹に答えながら、史佳はイスにの上で腰をくねらせた。

いま史佳の腸の中には細いアナル用のスティックが挿入されている。細くても長さがけっこうあり、その先端がときおり、前立腺を刺激してくるのだ。

（いや、腸が脈動している……）

アナルの中に異物が入っていると、腸が勝手に動いてそれを感じ取ろうとする。

自分の身体はこんな状況でも感じようとしている。史佳はつらくてたまらないがそれを妹に悟られるわけにはいかない。

「え、汗が出てるよ」

「そう、そうかな、熱いの食べてるからかもしれないわ」

性感に身体が熱くなっているのをごまかそうと慌てて味噌汁と飲もうとした史佳は、自分の言葉の語尾にはっとなった。

同時に史乃も驚いて目を見開いている。

「女の子みたいなしゃべり方、なにそれ」

「いや、いまほら女性が書いたエッセイ読んでるから、つい」

「あははは、へんなの」

つい女言葉が出てしまったが、史乃が笑い飛ばしてくれたことに史佳はほっとした。

「でも、お兄ちゃん、また綺麗になってない？　格好よくなったいうか、美しくなってきてる気がする」

ふざけ半分な感じだが、史乃は鋭い指摘をしてきた。

「ば、馬鹿言わ、言うなよ、男前って言ってくれよ」

馬鹿言わないで、と女言葉で言いかけて史佳は慌てて直した。もう会話の端々まで女性化している。

（うっ、くううう、いやっ）

心が落ち込むとさらに腸の感度があがり、腸壁がアナルスティックを食い絞める。

絶対にバレちゃいけない。そう心の中で繰り返しながら史佳は歯を食いしばった。

「あああ。はううう、ま、またイキます、あああ、史佳、イッちゃう」

今日はショーに出演する日。いつもの円形ステージの真ん中で、史佳は両腕をバンザイするように吊られ、客たちの前でさらに丸みを増した乳房やお尻を晒していた。

そして今日はドライオーガズムではなく射精ショーを行うように命じられ、会員の女性のひとりに肉棒をしごかれていた。

「はっ、はうっ、出る、くうう」

責められているのは肉棒だけではなく、アナルに突っ込まれたバイブがくねりながら直腸の中を掻き回していた。

完全に性感帯となった腸や前立腺の快感にもよがりながら、史佳は空中に向かって精子を飛ばした。

「可愛いお尻がキュッとなってるのがいいな」

絵麻の話によると会員たちは社会的な立場もある人間がほとんどらしいが、ここでは欲望を剝き出しにして美少年に卑猥な言葉を投げかけたりもする。

「身体は女なのに、チ×チンがついてるのがまた」

二度三度と白い粘液を飛ばして、お尻や細く白い脚を引き攣らせる史佳を、中年の男が揶揄していた。

ただ男の言葉のとおり、女性ホルモンの注射を打ちつづけてきた史佳の身体はさらなる女性化を見せていた。

（ほんとうに女の子になってる……）

朝、鏡を見たとき、そして夜、入浴する際にも自分の顔や身体を見つめて、史佳は泣きたくなることがあった。

頰はさらに丸みを帯び、乳房はBカップなのは同じだが、腰からヒップ、太腿にかけてのラインがさらに女性らしくなっているのだ。

肉棒と睾丸があることに違和感が見えるような自分の身体。史佳はいっそ死んでしまいたいとさえ思うのだ。

「あっ、あああ、あああ……はうん」

史乃のことを思えばそんなまねができるはずもない。史佳はただ恥ずかしい肉体を晒し、みじめな絶頂姿を見せつけるしかないのだ。

そのつらさを快感にかえるマゾの昂りが、数少ない救いになる感覚に溺れながら。

「はあはあ、はあん」

肉棒を断続的に脈打たせて発射したあと、史佳はがっくりと頭(こうべ)を垂れた。

発射は二度目、腰がジーンと痺れて膝から力が抜けていた。

「まだ潮吹きにはもう少し射精が必要ね。さあもっと出すのよ」

男の潮吹き現象は何度が射精をしたあとでないと起こらないと絵麻から教えられた。

実際、史佳は発射を繰り返したのち、むず痒さに身悶えながら粘度のない白濁液をまき散らすパターンで達していた。

「あっ、あうっ、もうだめ、ああ、あああ」

萎えきった肉棒を赤の派手目なドレス姿の女がしごきだす。もうつらさのほうが上回っている史佳はこもった声をあげて、天井から吊された身体をくねらせた。

「ふふ、そろそろきついみたいね。私がおしゃぶりしてイカせてあげるから、がんばって出してね」

顔を隠している赤ドレスの女は、息を荒くしている史佳の鼻先に自分の顔を持ってきて、仮面を少しだけめくった。

「あ……あなたは……」

その特徴的な切れ長の瞳に史佳は愕然となった。よくテレビや映画で見る人気女優その人だった。

スタイルも長身で美しく、クイズ番組などにゲスト出演しても淑やかなイメージの女優が淫靡な笑みを浮かべて史佳の肉棒をしごいている。

「お尻もそろそろ気持ちよくなってきたでしょ」

清純派女優と言われるこの人が会員でしかもステージの上にまであがっている。

戸惑う史佳だけに顔を見せたあと、仮面を戻した彼女はステージに膝をついた。

「んんん、んく、んんんんん」

先ほどの精液がまとわりついている肉棒を女優は躊躇なく唇に含んでしゃぶりはじめた。

舌をねっとりと絡ませながら、亀頭のエラや裏筋を巧みに刺激してきた。

「あっ、はうっ、そんなふうに、ああ、あああああ」

沙貴や絵麻にフェラチオを受けることもあるが、それに負けないくらいのテクニックを女優は披露している。

亀頭が絡め取られて史佳は少し脂肪がついてきた細い腰をくねらせて声をあげた。

「んんん、んく、んんんん」

女優は強く吸ったりという技まで見せながら、美少年の肉棒をじっくりと責めてくる。

たださすがに三度目ともなればすぐには勃起しない。

（ああ……こんなすごい美人にしてもらってるのに、興奮していない）

ねっとりとした舌が絡みつく肉棒が気持ちいいという感覚はあるが、人気女優がフエラチオをしていくれているというのに気持ちのほうはまったく昂っていない。

もう男としての興奮は感じないようになっているのか。史佳は愕然としていた。

「うーん、まだ硬さがイマイチね」

女優は少し不満そうに肉棒を口から出して、指でしごいてきた。普通の男ならば彼女の唇が触れただけでギンギンになるだろう。

以前の史佳ならばすでに射精していたはずだ。

「よし、じゃあ、俺がお尻のほうを責めてやろう、いいよね」

両腕を吊られた白い身体をくねらせる史佳の後ろのほうで男の声がした。

顔を向けるとスーツ姿の中年男性が立ちあがっていて、花道の奥のほうにいる絵麻が頷いていた。

「ふふ、許可も出たところで」

みんなと同じく仮面で顔の上半分を覆っている男は、指を動かしながら円形ステージにのぼってきた。

そして開かれた史佳の両脚の後ろに膝立ちになり、アナルに挿入されているバイブを引き抜いた。

「あっ、はうっ、あああぁ」

バイブが抜かれたときにプラスティックの亀頭が腸や肛肉の擦り、史佳は快感に身悶えた。

肉棒のほうは今ひとつの状態でも、ぽっかりと口を開いたままのアナルはやけに敏感だ。

「おじさんが気持ちよくしてあげるからね、力を抜くんだよ」

美人女優に半勃ちの肉棒をしごかれている美少年にそう言葉をかけた中年男は、指を二本束ねて挿入を開始した。

「はっ、はうっ、硬い、あっ、あああ」

初めてアナルに感じる男の指。それはかなり硬くささくれだっている感じだ。

ただもう史佳のアナルや腸はその硬さがやけに心地よかった。

「ここだね、史佳ちゃんの前立腺は、ふふ、ヒクヒクしてるぞ」

スーツの身体を屈めている男は一瞬で史佳の直腸の中にあるポイントを割り出し、グリグリとまさぐりはじめた。

「ああ、はうっ、そこは、あああああん、そんなふうにしたら、あっ、ああ」

太い男の指先が前立腺を弄びだすと、腸だけでなく腰骨までもが熱く痺れていく。

史佳は大きく口を割り開き、真っ白な背中をのけぞらせた。

（私……お尻のほうが……）

肉棒よりもアナルのほうが遥かに性感を得ている。そして相手が男性であることにもまた興奮しているように史佳は思っていた。

「あっ、あああ、ひあ、ああん、お尻、ああぁ」

吊られた身体がピンクに染まり、小さな唇からは絶え間ない喘ぎ声が漏れていく。

史佳はもう自分の身体は女のだといやがうえでも自覚させられた。

「あら、失礼しちゃうわね。すぐに硬くなったわ」

前で史佳の肉棒をしごいていた美人女優が不満げに言った。男がお尻を責めだしたとたん勃起した肉棒が気に入らないのか、強くしごいていく。

「ああぁ、両方激しい。ああああん、だめです、ああぁ」

最近の史佳は前立腺を責められている最中に肉棒を刺激されたら勃起して射精し、放置されたらだらりとされたままトコロテンを垂れ流す。

もちろんだが自分が意識してのことではない。そしていまはしごかれているので一気に射精に向かっていた。

「あああっ、出ます。あああ、出ちゃううう」

史佳は限界を叫んで腰を突き出し、女優は身をかわしながら強く肉棒をしごいた。

「あああっ、はうっ、はああああん、イク」

今日、三度目の射精が始まり、精液が宙を舞って円形ステージに落ちていく。

断続的な発射のたびにみんなが身を乗り出して拍手していることに、史佳は屈辱感とマゾの欲望を燃やすのだ。

「ふふ、ここからだ、史佳ちゃん」

派手に粘液を飛ばす射精のさなかから、背後の中年男はアナルの奥に入れた指をピストンさせている。

太く硬い指が強く前立腺に食い込み、甘い痺れが背中を突き抜けた。

「あああっ、はあああん、イッてます、ああ、いま出てるからあ」

射精の脈動の中に覆いかぶさるように湧きあがる後ろの快感。史佳はただ悲鳴を場内に響かせながら腰を大きく揺さぶっていた。

「あら終わっても縮まらないわ。いいわ、そのまま潮吹きしなさい」

この女優もまた絵麻たちと同じサディストなのか、前立腺への責めで収まるタイミングを失ったように硬化している亀頭をこね回してきた。

「あああ、はうっ、あああ、これだめ、ああ、ああ」

女優は手のひらを使って巧みに亀頭を責めてくる。むず痒さを伴った少しつらい快感が湧きあがる。

そしてこれが潮吹きの前兆であるのは史佳は充分に自覚していた。

「ふふ、出しなさい。ステージを君の潮でいっぱいにしろ」

後ろの男の前立腺責めにも気合いが入る。ただ乱暴なだけではなく、指の動きに緩急をつけながら史佳の快感を煽ってきた。

「あああっ、もうだめ、出ちゃう。あああ、出る、史佳、潮吹きしちゃうううう」

尿道を精液とは違う液体が駆けのぼってくるのもわかるようになっている。

史佳は夢中で叫びながら腰を前に突き出し、絶頂に身を震わせた。

「ああっ」

凄まじい勢いの水流が飛び散りながら飛び出していく。白濁した潮はステージを濡らしただけでなく客席のほうまで飛び散っている。

「いいぞ、もっと出せ」

ただ客はみんな逃げる様子もなく、美少年の肉体の暴走を笑顔で見ている。

女優もすぐには手を止めてくれず、さらにグリグリと亀頭をこね回し、後ろの男は強くアナルの奥を突いてきた。

「はうっ、はあああん、またイク、イク」

もう史佳は完全に悩乱していて、目を泳がせながら腰を自ら揺すって放水を続ける。

「何度もイッていやらしい子ね、みんな呆れてるわよ」

サディスティックな言葉が悦楽に翻弄される美少年に浴びせながら、女優は最後とばかりに竿の部分をしごいてきた。

「いやああ、ああ、見ないでえ、ああああん、ああ、イク、イクううう」

裸の身体に突き刺さる視線にも身体を熱くしながら、史佳はただひたすらに熱い放水を続けるのだった。


潮吹きをしたあとは身も心もぐったりだ。ずっと膝が震えているような感覚の史佳が控え室にあるシャワーから出てくると、絵麻と先ほどの女優がいた。

女優のほうも国民みんなが知っている顔を隠してはいない。

「待ってたわよ史佳ちゃん。ほら絵麻さん、やっぱりこの服のほうが似合うわ、健康的なイメージだもの」

ドレス姿の二人の美女を前に思わず裸の身体を隠した史佳の前に、女優が白のテニスウエアのような服を出してきた。

「じゃあ、靴はやっぱりこれね。まあ歩きやすいほうがいいか。いざとなったら逃げないといけないし」

女優の言葉には反論せずに絵麻は笑って、白のスニーカーを取り出してきた。

テニスウエアのような服も白地なので合ってはいる気がするが、こんな服を史佳に着せてなにをしようというのか。

「も、もうくたくたなんです。ああ、これ以上なにを……」

恥じらう史佳を挟んで立った絵麻と女優は、美少年が身体をよじらせるのもかまわずにウエアを無理やりに着せはじめた。

白のスカートもやけに短くて太腿の半分以上は露出している。裾もヒラヒラとしているうえに下着の類(たぐい)を身につけていないので肉棒が揺れて不安感があった。

「やっぱり似合うわ」

ポロシャツのような感じだが、やけに身体のラインにフィットしている上衣を着せて女優は手を叩いた。

Bカップの胸もはっきりとしていて、なにより最近、さらに大粒になった乳首がくっきりと浮かんでいた。

「さあ、靴を履いて。この人が史佳ちゃんは絶対にマゾだから、露出も経験させようってうるさいのよ」

スニーカーを史佳に履かせ、紐まで結んでくれながら絵麻が上を見あげて言った。

「ろ、露出。いっ、いったいなにをしようっていうんですか」

マゾという意味は最近、身体をもってわかるようになっている。屈辱にまみれるほどに背中がゾクゾクとしてたまらなくなる。

ただ自分がそれでいいとは思っていない。そのうえに露出という初めての言葉を聞かされて史佳は思わず腰を引いた。

「大丈夫よ、史佳ちゃんは歩くだけ。この格好のままでね、さあ行こう」

女優はやけに明るい調子で言ったあと、テニスウエアにスニーカーを履いた史佳の腕を引っ張った。

「え、ええ、どこに!?」

ステージ裏にある控え室から、史佳は戸惑いのまま連れ出された。

地下にあるショースペースのさらに地下は広い駐車場になっていた。

そこにマイクロバスが停まっていて、史佳も絵麻も乗車した。

「あ、ああ、いったいどこに……」

マイクロバスは窓ガラスがすべてスモークで外から中はまったく見えない。たくさんある座席には正装に仮面をつけた男女が座り、女優もその中にいた。

「もうすぐよ」

いちばん前の二人掛けの席に絵麻と並んで座った史佳は不安に震えていた。ただ絵麻たちの目的がなんなのか。客はなにを望んでいるのかわからない。

「ほらN町通りよ。ここをひとりで往復しましょうね」

N町通りは全国的にも有名な歓楽街で、キャバクラやホストクラブもあって、日が暮れたいまはネオンが輝いていた。

犯罪なども多く、十代の史佳が夜に訪れていい場所ではない。そんなところにミニスカートで、それもノーパンでいけというのか。

そこだけは普通のガラスになっているバスのドアから大勢の人が行き交(か)う様子を見

た史佳は涙声で首を振った。

「ふふ、ほんとうに危なくなったら彼らが助けにいくから大丈夫よ。さあ、がんばって」

そう言った絵麻が史佳の耳にイヤホンを取りつけた。先にいつもショーの会場を警備している黒服の男性が三人、夜の街に降りていった。

「行きなさい。ここのモニターで見てるからね」

バスの前のほうにあるテレビモニターに街の様子が映し出された。誰かがあらかじめ行っているのか、中継が繋がった状態になっているようだ。

「ああ、お願いします。あっ、いやっ」

せめてもう少し身体を隠すものをと史佳は訴えようとするが、バスの扉が開いて絵麻に外に押し出された。

「おっ、可愛いじゃん」

ドアを叩いて入れてくれと訴えようとした史佳だったが、歩道に出ると同時に大学生くらいの男の声が聞こえてきた。

見た感じはごく普通の男性だ。メイクもされたミニスカートの史佳を見て思わず声を発してしまった様子だ。

「い、いや」

当然ながら男性の視線は史佳の素足にスニーカーを履いた白い脚に集中している。とても耐えきれずに顔を赤くした史佳は慌ててその場から逃げるように歩きだした。

(早く終わらせるしかない)

人通りの多いメインストリートを一往復。これが絵麻に出された条件だ。立ち止まっていても晒し者になるのなら、早足でそれを終わらせたかった。

「おおっ」

両側を電飾看板がついたビルが囲んでいる幅七メートルほどの広い通りを、史佳はうつむき加減にスカートを押さえて進んでいく。

顔があまり見えないようにしていても、美しい少女であることは気づかれてしまうのか、立ち止まっている男性もいた。

『スカートは押さえちゃだめよ、史佳。あとちゃんと前を向いて歩きなさい』

大勢の視線を浴びながらうつむいて通りを進んでいると、イヤホンから絵麻の声が聞こえてきた。

「だ、だって、こんなの」

ミニスカートをヒラヒラさせながら歩く美少女にみんなが注目している。そのスカートの中にノーパンの肉棒があるとはまさか夢にも思っていないようだ。

そんな中を堂々とスカートから手を離して歩くなどできるはずもない。

『できるまで何往復もさせるわよ。どうするの？』

続けて女優らしき声も聞こえてきた。彼女たちはどうやっても史佳をいじめ抜くつもりのようだ。

「ああ……わかりました」

史佳は瞳を涙に濡らしながら、正面を向きスカートから手を離して歩きだす。

ミニの裾がヒラヒラとしているのが、不安をかきたてた。

「あ、あれ、ノーブラ」

胸を張って歩きだすと、どこからか男の声が聞こえてきた。テニスウエアのような上衣には小ぶりな乳房や乳首の形が浮かんでいた。

『隠しちゃだめよ、堂々と歩きなさい』

あまりに扇情的でいやらしい自分の姿がつらい。それをいったい何人いるのかわからない人間に見つめられてる。

夜の歓楽街には男も女もさまざまな年齢の人たちがいる。そのほとんどか生脚を剝き出しにした美少女を見入っていた。

「エロい格好だな、露出狂か？」

「AVかなにかの撮影じゃねえの、可愛い子だし」

通りには呼び込みのような男たちも大勢いて、史佳を見て囁き合っている。

そして男性全員の目がその細い脚や乳首が浮かんだ胸元に集中していた。

（ああ……露出狂って……そういう意味……）

ショーの会場を出る際に言われた露出という言葉の意味を史佳はようやく理解した。

自分のいやらしい姿を見られて悦ぶ性癖があるのではと、絵麻たちは考えたのだ。

（違う……私は……）

否定したいと思うがそれを意識しはじめると身体が熱くてたまらない。

これもマゾの性癖のひとつなのだろうか、ミニスカートの裾辺りを見てニヤニヤと笑っている男の顔を見ると身体全体が痺れるような感覚だ。

「綺麗な脚だな、どこのお店の子？」

ついに史佳に声をかける男まで現れた。史佳は聞こえないふりをして真っ直ぐに進んでいく。ただその足どりはどこか怪しい。

「ああ……い、いや……あああ」

小声でつぶやきながら進む史佳はもう頭まで熱くなり、意識が朦朧（もうろう）としていた。

ノーパンのミニスカートがヒラヒラと弾んでいる感覚があるが、もう気にしている余裕もなかった。

(ここで働いている子だと……)

夜のお店で働いている人間だと思われたのだろうか。化粧をして脚を剝き出しにしていたらそう思われても仕方がないのかもしれない。

(着いた……誰一人、私が男だと気がついた人がいなかった……)

通りは一直線で奥に進むと入口と同じようにゲートがあった。そこまでたどり着いたら引き返すだけだ。

ほっとする一方で、史佳はあれだけ注目を集めながらも男だと疑う人間がひとりもいなかったことがつらかった。

そしてまた自分も心の中でももう僕という言葉はまったく出てこないのだ。

「いや……ああ……」

頭の中がジーンと痺れて熱い。少しでも早くバスに戻らなければと史佳はふらつく足どりでUターンした。

「あれっ、戻ってきたぞ」

通りにいた者たちはすぐに気がつき、史佳がもう一度通りの真ん中を歩く姿に少し驚いた顔を見せている。

「さっきより乳首立ってないか、お嬢ちゃん？」

そしてあまりに美少女ぶりに見とれていた一度目よりも、さらに淫靡な視線を投げかけながら下品な声をかけてきた。

「肌も綺麗ね、何歳かしら」

「お尻がプリプリしていいな、なあ、うちの店で働けよ」

囁き合う女の声、無遠慮な男の嘲笑、それらがすべて史佳の心に深く突き刺さる。

ただ小さく揺れる胸元も、艶やかな生脚も隠すことはなく、史佳は瞳をとろんとさせたままゆっくりと通りを進んでいく。

身体はたまらないくらいに熱い。これが性の昂りであると史佳自身も自覚しはじめていた。

「あああ……はうん……だめ」

スカートの中の冷たい空気に触れているアナルが疼き、なんと肉棒が硬く勃起してきた。

前後同時の疼きは全身を震わせ、史佳はますます混乱し虚ろな吐息を漏らしながら、観衆にその美しい姿を晒して歩いていく。

「なんだよ、つれないな。見てほしいんだろ、そんなエロい格好して」

露出の性感に痺れるあまりすぐには気がつかなかったが、不良っぽい若い男が二人、史佳と併走するように歩いていた。

そのうちのひとりがずっと話しかけてきていたが無視されて、苛立っている様子だ。

「ち、違います、ああ、そんな私は……」

自分の両側を遥かに体格が大きな男たちが挟んでいる。そのプレッシャーに史佳は泣きそうになりながら早足で歩きだした。

するとスカートがヒラヒラと大きく弾む。その中の肉棒はいまだ硬く勃起したままだった。

(どうして……ああ……こんなに怖いのに)

男のモノは怯えたりしたら縮むのが普通だ。なのに史佳の肉棒は立ちあがったまま根元が脈打っている。

この二人の男に弄ばれたいと望んでいるというのか。それも女として。

「いっ、いやっ」

彼の視線が白い太腿や尖った乳首に突き刺さる。もう史佳は少しでも早くこの時間を終わらせたいと、視界に入ってきた商店街の出口に向かって脚を動かした。

「ほんとは見られたいんだよ、この子は。どんなパンツ穿いてんの？」

泣きだしそうな顔で歩く美少女にまとわりつく不良を、もちろん周りの人間も気がついているが、誰一人助けるどころかにやつきながら見ている。

ここはそういう街なのだ。そんな雰囲気に不良はますます調子に乗った。

「黙ってないで、なんとかいいなよ。パンツ見ちゃうよ」

男のうちのひとりが手を伸ばして、史佳のテニスのスコートのようなミニスカをまくってきた。

露出の昂りに翻弄されて頭がぼんやりとしていた史佳は反応できず、スカートの前側が大きくまくれあがった。

「いっ、いやあああああ」

スカートはふわりと持ちあがり、パンティを身につけていない股間どころか、下腹部まで夜のネオンの下に晒された。

しかも肉棒はガチガチ状態で天を突いていた。

「え、お、男……」

不良たちもそして街に立っている呼び込みの男も、史佳の股間で立ちあがっている、ないはずのモノに呆然となっている。

(見られた……おチ×チン)

遅ればせながら史佳はスカートを慌てて押さえる。女装しただけでなく、ノーパンで繁華街を練り歩く変態少年だとバレたのだ。

しかもギンギンに勃起させている。生きた心地がしないというのはこのことだろうか、史佳は一気に血の気が引いていった。

「お、おい、お前」

もうひとりの不良が史佳の肩に手を触れさせた。彼の意図がなんなのかわからないが、どこにいたのか黒服の男たちがさっと通りの真ん中に出てきた。

「いっ、いやあああぁ」

ただ史佳は黒服が駆け寄るよりも早く、スカートの裾を押さえたまま通りの出口に向かって全力で駆け出していた。

大勢の驚きに満ちた顔を振りきるように全力疾走でバスに飛び込んだ史佳は、座席に挟まれた通路の真ん中で片脚立ちを強制されていた。

走ってはいけないという命令を破った罰として、ミニスカートを自らまくりあげ、肉棒をその手でしごいていた。

「あああっ、私は、あああん、ルールを破った悪い子です」

あそこで逃げなければ大騒ぎになっていたと思うのだが、絵麻や会員たちはそんなものはおかまいなしに史佳をいたぶる材料としてきた。

史佳は片脚を横にある座席の手すりに乗せて股を開き、立ったまま公開オナニーをしていた。

「あああん、ごめんなさい、あああん、あああ」

あまりに理不尽な扱いを受けていると思うが、肉棒に触れた瞬間にそんな感情は吹き飛んでしまった。

捕まれば終わりのような状況の中で史佳はマゾの快感を昂らせ、アナルも肉棒も痺れきっていた。

(ああ、みんな笑ってる)

マイクロバスの会員たちは、座席から身を乗り出すようにして、オナニーする少女にしか見えない美少年を嘲笑している。

それがまたマゾの感情を煽りたて、史佳はますます性感を燃やすのだ。

(ああ、もっと笑って、ああ……気持ちいい)

もう人前であっても自然に亀頭や竿に指を絡めてしまう。心の昂りと肉棒の快感。

二つが混ざり合い史佳は瞳を泳がせ、唇を半開きにして喘ぎながら悦楽に浸りきっていた。

「アナルもヒクついてるぞ。そんなに露出プレイで興奮したのか」

後ろにいる男性会員がスカートをまくりあげて、史佳の形のいいヒップの割れ目に手を入れてきた。

太い男の指二本が肛肉を開き、ピストンが開始される。

「ああん、ああああ、見られて、ああああん、興奮してましたあ、あああ」

まだショートカットの頭を揺らし、史佳はもう抑えきれないように叫んでいた。

アナルが開かれたり閉じられたりする、強制的に排便をさせられているような感覚はあまりに甘美で、意識が一瞬飛んだ。

史佳は自分の心の内まで隠すことなく叫んでいた。

「とんだ変態だな。アナルも締めつけてるぞ」

後ろの男が激しく指をピストンさせ肛肉を開閉させてながら言った。

「ああん、そうです、あああ、史佳は、ああ、変態ですう、あああ」

もうどう思われてもかまわない。いや、もっと笑われたい、蔑(さげす)まれていたい、そんな思いを抱きながら、十六歳の美少年は肉棒をしごき、痺れるアナルに身を任せた。

「あああっ、イク、イッちゃううう」

テニスウエアの上衣に乳首が浮かんだ身体をのけぞらせ、史佳は極みに向かおうとしていた。

もう頭の中にあるのは快感のことだけだ。

「イキなさい、みなさんに精子を飛ばすところを見てほしいのよ、史佳は」

絵麻が乱れる美少年の心を操るような言葉を投げかけてくる。マイクロバスの座席にいる仮面の男女もみんなが腰を浮かせて見つめていた。

「はいいい、見てえ、あああん、変態の史佳が出すところを見てええ」

マゾの快感に酔いしれながら、史佳はスカートをまくりあげた腰を大きく前に突き出して絶頂を極めた。

肉棒の根元が強く収縮し、指を呑み込んだアナルがギュッとしまった。

「ああ、出るううう」

座席に挟まれた通路に向けて、肉棒の先端から精液が発射された。

大勢に囲まれた中で射精の発作に身を任せて精を飛ばす開放感。身も心も痺れながら史佳は見せつけるように腰を突き出していた。

「はあああん、まだ出る、あああ、あああん」

意識まで蕩けていくような感覚のなかで史佳は、信じられないくらいに何度も続く射精の発作に溺れつづけた。

第五章　屈辱のロストバージン

自ら変態的な快感を認めながら大勢の前で射精した史佳の心はもうズタズタだった。

もう最近ではいったん肉体が暴走を始めると気持ちのほうも抑えが効かなくなる。

それが恐ろしくてたまらないうえに、女性化のほうも進んでいる。

(髪の毛ももう女の子……)

高校はそれほど校則が厳しい学校ではないが、それでも教師が難しい顔をするくらいに史佳の黒髪は長くなっていた。

耳も完全に隠れていて、ショートカットよりも少し長めだ。しかも頬や身体の丸みも増しているので、このままでは教師たちに指導を受ける日も近いだろう。

(もし、おっぱいとかバレたりしたら……もう学校に行けなくなる)

学校に行くときは絵麻が用意した胸の膨らみを押さえるタンクトップを着ている。

ただ水泳の授業が始まったりするとそんなごまかしは利かない。水泳パンツ一枚でBカップの乳房や女性化した乳首をクラスメートの前で晒すのか。

「ああ……そんなことになったら」

級友たちの好奇の目をその白い身体に向けられて、プールサイドにパンツだけで立つ自分を想像すると泣きたくなる。

だが同時にマゾの昂(たかぶ)りも湧きあがるのだ。

「う、ああ……くうう……」

するとアナルの奥、腸壁や前立腺が強く疼いた。

(チ×チンよりもこっちが先に……)

いまの史佳の肉体は勃起よりもアナルが燃えるように熱くなるのが先だ。ドライオーガズムを肉体が求めているのかもしれない。

(もう、ほんとうに女の子になってる)

棒よりも穴のほうが肉欲に燃えあがっている感覚に、史佳はもう自分は男に戻ることはないという思いに囚われるのだ。


そんな史佳を女社長絵麻も、完全に女として扱うようになっていた。

「似合うわ、というか、ほんとうにそっくり」

事務所の会議室のイスに座り、史佳は絵麻、沙貴、そして真希の三人の女に囲まれていた。

「さすが真希さんって褒めてくれていいのよ、社長。私の腕を」

三人の女の顔に笑みが浮かんでいるのは、史佳がアイドルと同じ衣装、それも妹の史乃とまったく同じデザインのものを身につけているからだ。

「はいはい、じゃあちょっと立って踊ってみようか、史佳」

自画自賛の真希に呆れたように答えながら、絵麻はきちんとメイクもヘアセットもされた美少年に命令をした。

立ちあがると、フリルを重ねたようなスカートがふわりと弾む。膝がちょうど出るくらいの丈で、白く眩しいふくらはぎは露出している。

「ああ……はい……」

昨日、絵麻からメールがあり、完璧でなくてもいいからこの曲のダンスを覚えてくるように命じられていた。

ただ妹になりすましているような気がして胸が締めつけられる。だがもう抵抗する気力は史佳には残っていない。

（感じさせられたら、すぐに私は……）

乳首やアナルを責められたら快感によがり狂ったあげく、さらに自分をみじめに追い込もうとしてしまうだろう。

いまや自分がマゾヒストであると身や心に刻まれた十六歳の少年は、下と同じようにフリルがついた白のブラウスを来た上半身を絵麻に向けた。

「始めるわよ」

絵麻がタブレット端末を操作する。すると会議室にあるスピーカーが連動してイントロが奏でられた。

史佳はステージを踊る妹と同じポーズを取ったあと、同じ衣装の身体を躍動させた。

「へえ、けっこうちゃんと踊れてるんじゃない？」

フリルのスカートをひらつかせて細身の美少年はよどみのない動きを見せる。

妹の史乃もそうだが、史佳もダンスは得意なほうで学校の授業でダンスをさせられたときもクラスでいちばんうまかった。

もちろん本格的ではないが、この曲はグループＧＧの中でもおとなしめの踊りなので、それほど問題はなかった。

「そうね」

グループの振り付けや演出も担当している絵麻が、腕組みをしてにやりと笑った。

（ああ……きっとまたひどいことを……）

なにか悪巧みをしている顔に見える。きっとなにか淫らなことを史佳に強要するつもりなのだ。

大勢の前で辱められるだろうか、そう思うと泣きたくなるが同時にアナルの奥がズキズキと疼きだすのだ。

「ああ……」

ため息を吐きながら、史佳はステップを踏んで覚えたてのダンスを踊る。生き恥を晒す自分を想像するとマゾの昂りに背中が震えた。

「でもグループの子たちよりもエッチな感じがするわ。ムラムラするじゃない」

間奏の前にあたる部分で動きがスローになったタイミングを見計らったかのように、沙貴が両手を史佳の胸元に伸ばしてきた。

「あっ、いやっ」

「気にしないでそのまま踊りなさい」

沙貴は史佳のブラウスの前ボタンをすべて外した。フリルのついた生地が両側に割れてブラジャーを着けていない胸が晒された。

「ああ……」

すぐに間奏が始まり動きが大きくなる。間奏のダンスはアイドルのステージでは見せ場のひとつだ。

史佳は隠す暇もなくBカップの小ぶりな乳房と、ピンク色の乳輪が少し広くなっている乳首を晒したまま踊りだした。

「恥ずかしいのね、肌が一瞬でピンクになったわ」

サディストの沙貴は耳まで真っ赤にして踊る史佳を見て目を輝かせている。

「ああ……はあはあ」

いっぽうでマゾの美少年はアナルや乳首を疼かせながら、三人の女の前で踊りつづけるのだ。

全身が熱くてたまらず、妹と同じ大きな瞳は彼女のような凜(りん)とした輝きではなく、妖しく蕩けた光を放っていた。

(すごく見られてる……私のいやらしい身体を……)

乳首が完全に勃起しているBカップの乳房を弾ませて、史佳はいつしか羞恥の昂りに溺れていた。

頭まで熱く痺れていて、なにかを考えるのもつらい。ただ無意識のままダンスを踊っているだけだ。

「はい、もういいわよ」

曲が終わりかけになると絵麻がパンと手を叩いた。その音にはっとなり史佳はようやく我を取り戻した。

「い、いや……」

小さくつぶやいた史佳は開いていたブラウスを両手で閉じた。乳房を露出して踊っていた自分が恥ずかしくてたまらないが、生地が乳首に擦れると電流が走った。

「くうう、ああん……」

こんなことくらいでと自分でも思うが、史佳はフリルのスカートの腰を引き気味にし、両膝を内股にして乱れた声をあげた。

「あらあら、おっぱい出して踊りながら興奮してたのね。いけない男の娘」

当然ながらそれに女たちはめざとく気がついていて、沙貴が史佳の背中を押して、会議室のテーブルに突っ伏すような体勢にさせた。

「エッチな子にはお仕置きよ」

テーブルに上半身を乗せてお尻を突き出した美少年のスカートをサディストの女医は豪快にまくりあげ、パンティを引き下ろしてお尻を剝き出しにした。

そして自分のスカートも引きあげて、黒の革パンティを晒す。その股間部分にはディルドゥを装着するための穴が空いていた。

「お尻の穴もいやらしい見た目になったわね。ふふ、もう完全に性器」

「い、いやあ、そんなこと言わないでください」

排泄器官であるはずのセピア色のすぼまりは、何度も拡張されつづけた結果、柔らかさを持ち肛肉も分厚くなっている。

興奮してくるとなにかを求めるようにうごめくそこに、沙貴は絵麻から受け取ったディルドゥを股間に装着して挿入を開始した。

「はあああん、だめえ。ああああっ、くううん」

会議室のドアの向こうは人々が行き交う廊下だ。もしかして誰かにこの声を聞かれていたらと思うが、史佳はアナルが拡がった瞬間に甘い叫びをあげていた。

「あっ、あああん、お尻、ああ、ああああ」

甲高い声を響かせる美少年の前立腺を沙貴は的確に突いてくる。フリルのスカートをしっかりと押さえてヒップを剝き出しにしたままピストンを開始した。

「あっ、あああん、ああ、奥ばかり、ああ、ひううう」

突っ伏しているテーブルに爪を立てながら、史佳は淫らなによがり狂う。白い脚がビクビクと震えていて、全身が快感に反応している。

（ああ……おチ×チン、勃ってない……）

股間で揺れる肉棒はだらりと萎えたままだ。前立腺を刺激されたとき、以前は勃起することが多かったが、最近はほとんど縮んだままただ快感に身悶えてしまう。

これもまた史佳に、もうお前は女なのだと身体が告げている気がした。

「あああ、あああん、だめえ、あああ、ああ」

肛門が大きく拡張され、腸壁をディルドゥの亀頭部分のエラが掻き回す。腰骨が砕けるかと思うような快美感は十六歳の少年からすべてを奪っていた。

「もう、そんなに大声出して。ここからが本番なのに」

息も絶え絶えの史佳の顔を覗き込んだのは絵麻だった。彼女の手にはプラスティック製の小さなリモコンが握られていた。

「ひっ、ひあああ、あああん、あああ、ああくう」

絵麻がそれを操作すると腸の中にあるディルドゥが大きくうねりだした。

先端部分が掻き混ぜるように腸壁を抉る。その間も沙貴は腰の動きを止めない。

「あああっ、死んじゃう、ひいいん、あああ、あああ」

ピストンにうねりまで加わり、史佳はもう気が狂いそうだ。凄まじい快感にアイドル衣装の身体がガクガクと震えだした。

「すごく気持ちよさそうだね、おチ×チンからヨダレ垂らしちゃって」

史佳を責めることはない真希が楽しげに言った。常に傍観者である彼女の言葉は胸に刺さる。

それがまたマゾの性感を刺激し、史佳は萎えた肉棒からトコロテンを垂れ流しながらよがり泣くのだ。

「あああん、だめぇ。もうイク、史佳イッちゃう」

前立腺を腸壁越しに絶え間なく責め抜かれた史佳は、ドライオーガズムに向かっていた。

背骨が痺れきっていく、射精とは違うエクスタシーに小さな唇を割って叫んだ。

「はい、ここまでね沙貴。ストップして」

いままさに快感の極みにのぼりつめようとした瞬間、絵麻がバイブを停止し、沙貴の腰の動きも止まった。

「あああ、ああ……どうして」

テーブルに横向きに乗せた顔を少しあげて、史佳は切ない息を吐きながら絵麻を見あげた。

イク寸前で止められた快感は一気に萎えていて、もう一押しを求めて剥き出しのお尻が勝手に動いていた。

「ふふ、イケなくて不満なのね。あとでたっぷりとイカせてあげるわ。ただし用事がすんでからね」

ぐったりとテーブルに上半身を投げ出している史佳の頬を、絵麻が不気味な笑みを浮かべて撫でてきた。


「お兄ちゃんっ」

会議室を出て連れていかれたのは社長室の横にある応接室だった。そして、そこにいたのは妹の史乃だった。

「史乃……」

先ほど史乃がここに来ていることは絵麻から告げられていた。メイクをしてアイドル衣装まで身につけた姿で妹に会えるはずはないと史佳は泣いて嫌がったが、リモコンのスイッチを入れた状態にされ、ならば会議室に史乃を呼ぶと脅されたのだ。

「どうして……それ私と同じ服……」

いまは学校の帰りなのか史乃は制服姿だ。地味目のグレーの制服でも一際目立つ愛らしさの美少女は女装を、しかも自分がステージで着用しているものと同じフリルのついたスカート姿の兄に目を丸くしている。

「それは私が説明するわ、史乃ちゃん」

「沙貴せんせい……」

女医の沙貴が前に出てきて、応接室のソファに座っている史乃の対面に腰を下ろした。史乃は驚いたまま大きな瞳を兄に向けたままだ。

「春の健康診断のとき以来かな。いつもがんばってるわね、史乃ちゃん。いまからとても大切な話をするからちゃんと聞いてね」

史佳と真希、そして絵麻は立ったまま二人を見下ろしている。沙貴の真剣なトーンに史乃も前に顔を向けた。

「お兄さんはね、ずっと女の子になりたいっていう願望を隠しつづけてきたの」

「えっ!?」

沙貴の言葉を聞いた史乃は絶句したまま、大きな瞳で女医と兄を交互に見た。

もちろん史佳がそんな願望を持っているというのは大嘘だが、絵麻は女性ホルモンの注射を打ちつづけた史佳の見た目がもうごまかしがきかないくらいになっていると思ったらしい。

それならば史佳にもとから女性願望があるということにして、史乃に受け入れてもらえたらふだんの生活でも気を遣う必要がなくなると考えたのだ。

「ふ、史乃、うっ、くっ」

もちろんそんなことを史佳が望んでいるはずもなく。この応接室に来るのも泣いて嫌がった。

だがアナルの中にあるバイブを動かされると抵抗の意識も奪われてしまう。そしていまもなにかを言いかけた瞬間、アナルの中のバイブがうごめいた。

（なにも言いませんから、史乃の前でだけは……）

すっかり敏感になっている腸壁を掻き回され、史佳は漏れそうになる声を懸命に堪えていた。

ここでは絵麻がいいと言うまで発言は禁じられている。なのに言葉を発しようとしたからバイブが動かされたのだ。

史佳は懸命に目でリモコンを握る絵麻に訴える。するとバイブの動きが止まった。

「お兄さんはね、身体と心の性別が一致しない人なの。いままでは隠してきたけれどもうそれも限界だと思って社長と私に相談したのよ」

史佳の肉体を女性化するために注射や調教をしておいてよく言えるものだと思うが、

沙貴の言葉には医師としての重みがあった。

「お兄ちゃん……」

もう一度、史乃はその顔を史佳に向けてきた。自分によく似た大きな瞳が涙に濡れている。

(気持ち悪いよな……兄が女になりたいなんて……)

きっと妹はそう思っているに違いないと史佳も泣きたくなった。叫び声をあげて違うと叫びたい。

だがアナルの中のバイブを動かされる恐怖で口を開くこともできない。いまステージ衣装のスカートの中はノーパンだ、これをまくられてアナルにバイブを入れられている姿を見られたらほんとうに軽蔑されるだろう。

(ああ……史乃……許して……)

唇を嚙んで史佳は下を向くばかりだ。妹を傷つけてしまったのにただ黙っていることしかできないのが悔しかった。

「お兄ちゃん、どうして言ってくれなかったのよ」

絶望に包まれる史佳を見つめながら、史乃は制服姿の身体を立ちあがらせた。

そして兄の腕を両手で摑み揺すりながらそう訴えた。

「え……」

嫌がられて距離を取られるかと思っていた史佳は、いきなり身体を掴んだ妹に目を丸くした。

「どうしてひとりで苦しんでたの？　お兄ちゃんが女性になりたいのなら応援するよ、たった二人の兄妹じゃない」

腕を摑んだ兄を揺さぶりながら史乃は涙を流して訴えてきた。

「ごめん……」

史佳はそんな妹にただ謝るしかできなかった。女になると言いだした兄を受け入れてくれる優しい彼女に嘘をついている。

心苦しくてたまらないが、まさかアナルの快感まで仕込まれているなど言えるはずはないからだ。

「なにがあってもお兄ちゃんと史乃は兄妹だよ。たとえお姉ちゃんになっても」

史乃は少し笑顔を浮かべて言った。涙はかわらず溢れているが、懸命に笑っている。

「史乃……ありがとう」

ちらりと絵麻のほうを見たら彼女が大きく頷(うなず)いた。史佳はすがりつく妹に礼を言って抱き寄せた。

「ありがとう」

妹がここまで自分のことを思ってくれているという嬉しさ。嘘をつきつづけるしかないという心苦しさ。

相容れない二つの感情に苦しみながら、史佳はただ史乃の華奢な身体を抱きしめた。

「史乃ちゃんのオッケーも出たことだし、そろそろタマタマを取って本格的に女の子を目指しちゃう？」

サディストの女医は史乃がアイドルの仕事に向かうと、軽い調子でそんなことを言った。

「ひどい、よくもそんな……あっ、あああ、はああああん」

あまりの仕打ちに恨みのこもった目を沙貴に向けた瞬間、アナルの中のバイブが動きだした。

「あああっ、はううん、だめ。あああ、お願い、ああ、止めて、あああ」

フリルのついたスカートだけを穿いた下半身をクネクネと揺らして、史佳は喘ぎ狂った。

敏感な性感帯へと成長した肛肉は史佳にもう抵抗の気持ちを持つことすら許してく

れなかった。

「穴でこれだけ感じるのは女の子の証明でしょ。まあでもあなたには女でも男でもないとってても素晴らしい存在になってほしいのだけれどね」

絵麻も笑いながらリモコンを操作し、バイブの動きに強弱をつけてきた。

「はっ、あああん、いやあ、そんなの、ああ、あああ、あああん」

まだ心の中には男でありたいという気持ちは残っている。ただもう絵麻の言うとおり、肉棒よりもアナルや腸のほうが気持ちいい。

これはまさに女の証明ではないかと、史佳自身も思うのだ。

「せっかくこの衣装を着たんだからステージで踊ろうか、史佳」

喘ぎ狂う美少年を舌なめずりして見つめながら、絵麻はバイブを止めた。

「さあ、みなさん、当劇場のナンバーワン、史佳嬢が妹と同じダンスを踊ります」

円形ステージがスポットライトに照らされ、史佳はその真ん中に立っていた。

音楽が鳴りだし、史佳は昨日覚えたステップを踏みはじめる。

「ああ……くうん……」

曲はボーカルが入っているので史佳が歌う必要はない。この曲のメインボーカルは史乃だ。

妹の歌声に乗せて同じ衣装で踊る兄。そのフリルスカートの中はノーパンで、先ほどのアナルバイブが突き刺さっていた。

「あああ、くうん、ああ……」

腸内のバイブはずっと緩く動いている。なんとか動けるくらいの強さだが、踊っているとときおり前立腺の場所を抉(えぐ)ったりする。

そのたびに切ない息を漏らしながら、史佳はなんとか踊りを続けるのだ。

「史佳ちゃん、いつもより色っぽいぞ」

めざとく史佳の表情の変化に気がついた仮面の会員が腰を浮かせて声をかけた。

頬は赤く上気し大きな瞳は潤んだままどこか虚ろだ。アナルの快感に頭まで痺れている史佳はただダンスを続けている。

そこで身体を回転させるダンスのパートが来て、史佳は円形ステージの上でくるりと回った。

「おおっ、ノーパン」

フリルスカートがひらりと回転の勢いでひらりと浮かび、最近、とみに丸みをましている白いヒップが露(あらわ)になった。

「アナルに入れたまま踊っているのか。ずいぶんと変態になったな」

円形のステージのすぐ前で見あげるかたちで座っている会員が声をあげ、全員がどよめいた。

回転は何度かあり、そのたびに史佳は白尻とバイブが入った割れ目を見せつけた。

(ああ、私は変態、変態女……)

妹にも女だと認知され、もう自分を僕と呼ぼうという気持ちもない。

身も心も女になったのだ。それも大勢の前で恥ずかしい姿を晒して悦ぶ変態のマゾ女に。

「あっ、あああああん、ああ……」

情けなさで心がいっぱいになるが、それもまた被虐の性感を刺激し、全身が熱く昂っていく。

衣装のブラウスに乳首の形まで浮かべて、史佳は踊りつづけるのだ。

(見て……私の恥ずかしい姿を……もっと見て)

大勢の人に笑われたい蔑(さげす)まれたいという欲望を抱きながら、史佳はついに肉棒がぶら下がる股間まで見えるくらいに大きく腰を動かして踊った。

本家である史乃たちの動きよりも二倍は大げさに。スカートがめくれあがってそこに視線が集中するが、それもまた心地よかった。

「はあはあ、ああ……」

ずいぶんと長く続いた気がする曲が終わり、史佳はもう立っていられなくなってステージにへたり込んだ。

客たちの拍手が自分に降り注ぐ感覚も妙に心地よかった。

「ふふ、いやらしい顔になってるな」

目だけを仮面で隠した男性会員がステージの前に立って、アイドル衣装で座る史佳を見つめてきた。

その声に聞き覚えのある気がするが、頭に霧がかかっているような感覚の史佳は思い出せなかった。

「私が一番手でいいんだよね、オーナー」

男が史佳の後ろに顔を向けて聞いた。そこにはいつの間にドレス姿の絵麻がいた。

「ええ、その約束ですからかまわないわ。ただしできればみなさんが見ている前で」

「心得た」

絵麻が意味ありげな笑いを浮かべて言うと、男はステージの上に勢いよくあがってきた。

「さあ、史佳ちゃん、今日は君の一生に一度のロストバージンの日だ」

男はへたり込むように座った美少年の前に膝立ちになり、頬を撫でたあと、自分のズボンのファスナーを下げた。

自分の股間にあるのと同じ肉棒がポロリと目の前にこぼれ落ちてきた。

「ロストバージンって……まさか……」

身体の力が抜けきって肉棒をぼんやりと見つめていた史佳が急にはっとなった。

「そうだよ、このおチ×チンで君は今日女になるんだ」

聞いたことがあるような語り口調の男は、さらに肉棒を前に突き出してきた。

「いっ、いやっ、そんなの、ああ、無理です」

女性が生まれて初めて男のモノを膣に受け入れるのがロストバージンだ。それがない史佳が受け入れる場所といえばアナルしかない。

男の生の肉棒を腸に受け入れると聞いて、史佳は凍りついたような表情で顔を横に振った。

「あっ、ひうっ、あああ、ああん」

すると同時にアナルの中にあるバイブが激しく腸内でうねった。硬い先端が前立腺を裏側から抉りたまらない快感に史佳は喘いだ。

「もうこんなにいやらしい穴になっているんだから大丈夫よ、まずは唇で挨拶をしなさい」

後ろに立つ絵麻の手にリモコンが握られている。ステージ下のボックス席に座る会員たちも初物の美少年を注目した。

「さあ、始めるんだ」

男は悩ましげに喘ぐ史佳の小さな唇の前に亀頭を出してきた。一度、男を見あげた史佳は半分は仮面で隠した彼を確かにどこかで見たことがあると思った。

「ひあ、あああああん、強くしないで、あっ、あああ」

史佳が躊躇していると思われたのか、バイブのうねりがさらに大きくなった。

もう腸が痺れて背骨が震えている。この男の正体を考えている余裕など一気に消え失せた。

「ん、んく、んんん……んんん……」

ピンクの舌を出して史佳は鼻先にあった亀頭を舐めていく。一生あるはずのない同性の性器への口淫は苦い味とともに始まった。

まだだらりとしている肉棒を一通り舐めたあと唇で包み込むと、すえたような匂いが鼻をついた。

「んんん、んく、んんんんん」

本格的に亀頭を呑み込みしゃぶりだすと、アナルの奥のバイブの動きが少し緩くなった。

ただまだ先端が腸壁を掻き回しているのは変わりない。細く締まった腰回りがジーンと痺れるような感覚のなかで史佳は、前に見たＡＶの女優のまねをしてしゃぶった。

「んん、んんんん、んん」

舌を亀頭の裏に押しつけるようにして頭を前後に動かす。すると肉棒がどんどん硬化していった。

（な、なにこれ……大きい……）

興奮してきた男の肉棒は一気に巨大化し、史佳の小さな唇が裂けそうになる。

長さも増して亀頭が喉近くまで来ていて、呼吸がうまくできなかった。

「いいぞ、史佳ちゃん。もっと奥まで呑み込むんだ」

ボックス席の男のひとりがヤジを飛ばしてきた。アイドル衣装の美少年はその声に煽られるように頭を前に出した。

「くうう、ううっ、んんん」

すると一気に喉がふさがれ、むせかえりそうになった。それでも史佳は懸命に頭を前後に揺する。

喉奥にゴッゴッと亀頭があたるがかまわずに強く吸いあげた。

（ああ……大きい……硬い……）

本来なら同性のモノをしゃぶるなど気が狂うようなつらい行為のはずなのに、史佳はいつしか大きな瞳をうっとりとさせていた。

かつての自分のモノが勃起したときよりも二倍以上はありそうな逸物。その巨大さに心が奪われていく。

（おチ×チンが愛おしい……もう女の子なんだ私は……）

いままでは心のどこかで拒否していた自分が女性であること。男根の逞しさに心を奪われていくなかで史佳は心が女になったとはっきり自覚した。

（ううん、もともと女の子になりたかった……きっとそうよ）

自分は女に生まれたかったのだ。あごが裂けそうな肉棒の太さも硬さも、口内を満たし尽くした男の香りもすべて心をときめかせる。

いつしか史佳は夢中になって肉棒を吸いあげ、先走りの液も気にせずにしゃぶりつづけていた。

「うん、もう充分だ史佳ちゃん。始めようか」

男は激しく揺すっている史佳の頭を手で押さえてフェラチオをやめさせ、肉棒をゆっくりと引き抜いていった。

「んん……けほ……ああ……」

肉棒が口内から去っていくことになごり惜しさを感じながら、史佳は蕩けた瞳で男を見あげていた。

もうアナルも前立腺も熱くてたまらない。無意識にステージに座る腰をよじらせている史佳のブラウスのボタンを男が外していった。

「オーナー、マットを」

史佳の前ボタンを大きく開き、白く小ぶりな乳房を露出させた男は、背後に立っている絵麻に言った。

絵麻が頷くと黒服の男が薄手のマットと円形ステージに運んできた。

「ああ……」

もう史佳は抵抗する気持ちなどまるで起こらずに、されるがままにその細身の身体を敷かれたマットに横たえた。

仮面の男は下半身だけ裸になって立ちあがる。仰向けに寝た美少年はその様子をじっと見あげていた。

（ああ、すごい……）

男の肉棒は天を突いて隆々と反り返っていた。その逞しい姿に史佳は胸の奥がギュッと締めつけられた。

「さあいくよ」

横たわる史佳のフリルスカートが腰までまくりあげられて、白い下半身が晒される。

「いっ、いやあ」

史佳は思わず両手で顔を覆った。それは犯されることがつらいのではなく、女性ホルモンの影響が小さくなっている自分の肉棒が巨大な男のモノと並ぶのが恥ずかしかったからだ。

「まずは抜かないとね」

史佳は抵抗しているわけではないので、男も優しく細い両脚を開いてバイブを引き抜いていく。

「は、はあああん、擦れてる、ああ、あああ」

引き抜かれる際にバイブが腸壁やアナルを抉っていき、史佳は悩ましく仰向けの身体をくねらせた。

上体の上でBカップの乳房がピンクの乳首とともにフルフルと揺れた。

「ふふ、すごいね湯気が出そうだ」

バイブを手にして男は観客たちに見せるように持ちあげた。男根の形を模したバイブは透明の液が大量にまとわりついてヌラヌラと輝いていた。

「いやいや、ああ、いじわる」

ここでも史佳はむずがるように腰をくねらせて恥じらった。恥ずかしいと思えば思うほどマゾの快感に身が震えた。

「ふふ、可愛いな、史佳ちゃんは。アナルも立派に開いてる、いくよ」

仮面の男は、上はシャツを着たままの身体をぐいっと前に押し出してきた。

史佳のヨダレにまみれた熱く硬い亀頭が、肛肉を拡張する感覚があった。

「あああっ、はあああん、お、大きい、あああああん」

亀頭がアナルを大きく開いていく。大きさはもちろん、その熱さはやはりバイブとは異質だ。生の感触とでもいおうか、男に犯されているという感覚が史佳の中に目覚めた牝を燃えあがらせた。

「おお、君のアナルすごいよ、吸いついてくるみたいだ」

男はすぐには奥まで挿入せず、小さく腰を使いながら亀頭を肛肉に馴染ませてくる。すぼまりが開閉を繰り返し、とくに外に向けて開かれたときがたまらなかった。

「ああああん、はあああん、ああ、おチ×チンも、ああ、すごいい」

マットに爪を立てながら史佳はブラウスがはだけた上半身をよじらせて絶叫した。アナルが外に引きずり出されるたびに、もう頭の芯まで痺れきりただの牝となってよがり泣いていた。

（これがセックス……ああ……私、エッチにされてる……）

もう男のなすがままに翻弄されるしかない史佳は、誰かと繋がっていること、そして男に自分を奪われていることに溺れきっていた。

「よし、そろそろ一気にいくよ、覚悟はいいかい？」

アナルの裏側に亀頭を入れ終えた男は、史佳の顔をじっと見つめて聞いてきた。

「ああ……は、はい……」

入口だけの責めで息も絶え絶えの史佳は小さく頷くのが精一杯だった。

開かれている白い脚のつま先まで痺れ落ちている。男を身体に受け入れることへのためらいはもう一片もなかった。

「いい覚悟だ。それっ」

仮面の男は上半身を乗り出すようにして史佳の股間に向かって自分の腰をぶつけた。

「ひっ、ひああああ、あああん、あああああ」

巨大な逸物が直腸を掻き分け一気に根元まで入っていった。

それだけでは終わらない。男は大きく腰を動かしてピストンを開始した。

「ああ、あああん、ああ、す、すごい、ああ、あああん」

亀頭から張り出した肉のエラが腸壁を引っ掻くように前後する。

ディルドゥのときよりも遥かに快感が強く、史佳は目を泳がせ唇を半開きにしたまま甘い悲鳴を会場に響かせた。

「君の中、ウネウネしていて最高の感触だ。男を悦ばせるために生まれてきたアナルだよ」

仮面の男は快感に口元を歪めながら、さらにピストンを激しくした。

彼も最初の余裕はなく、息が荒くなっている。

「ああん、あああ、嬉しいですう、ああ、史佳で気持ちよくなってぇ」

もう夢中で史佳はそう叫んでいた。自分の身体で男が快感に浸っているのが素直に嬉しかった。

「君はどうだ、気持ちいいかい？」

「あああ、はあああん、いい、あああ、おチ×チン、気持ちいいですう」

快感を認めることにも躊躇はなく、仰向けの身体の上で乳房を揺らしながら史佳は指を嚙んでいた。

少し前まで自分が男であることに疑いもしなかった少年の姿とは思えなかった。

「いやらしい顔だ、まさに淫女じゃないか」

客たちも盛りあがっている。瞳を泳がせ唇を半開きにしたまま男を受け入れ身悶えする美少年に興奮しているのだ。

「いちばん気持ちいい場所にあたってるの？　もし違うのならお願いしたら」

肉の交わりに没頭する史佳の頭の向こうで絵麻の声がした。

仰向けのままそちらに視線をやると絵麻はビデオカメラを手にしていた。

（ああ……撮られてる……残されちゃうんだ、初エッチを）

アイドル衣装を着て男にはないはずの乳房を露出し、大股開きで尻の穴に肉棒を受け入れた姿を記録されている。

史佳はますます自分は普通の男どころか、まともな人間に戻る機会すらなくなるのだと自覚した。

「あああ、もう少し手前です、そこの上が史佳のいちばん気持ちいいところ」

あと戻りはもうない、そんな絶望感も史佳にとってはマゾの昂りを刺激する。

瞳を妖しく輝かせた美少年は、必死の顔で自分を見下ろしている仮面の男に訴えた。

「お願いします、ご主人様でしょ」

ビデオを史佳の顔に向けながら絵麻が厳しく言った。

「お願いします、ご主人様。史佳の前立腺を突いてドライでイカせてください」

そこを熱い肉棒で突かれたい。その欲望がもう止まらず、史佳は声を振り絞るようにして訴えた。

そう自分はもうただの牝犬になったのだ。主人に愛されてよがり泣く犬なのだと史佳は思った。

「ここかい？」

男は史佳の要望を聞くと同時に亀頭を少し後ろに下げ、斜め上に向けて突きあげた。

「あっ、そ、そこ、ああああ、あああああ」

腸のお腹側に肉棒が押し込まれ前立腺が大きく歪む。同時に強烈な快感が突き抜けていく史佳は絶叫して背中をのけぞらせた。

「ああ、ひいん、ああ、ああ、たまらないです。ああ、すごいい、あああ」

生の怒張で前立腺を突かれると、まさに牝の悦びに肉体が震える。

ただただ快感に溺れながら史佳は、小ぶりな乳房を躍らせ開かれた白い脚を痙攣させながら感じまくっていた。

（ああ……すごい……女になるってこんなに気持ちいいんだ……）

快感の強さは自分でオナニーして射精していたときとは比べものにならない。

ずっとみじめな自分を悲しんでいたが、こうして女として扱われ肉棒で突かれることに幸福感すらあった。

「あああ、はあああん、ああ、イッちゃう、ああ、史佳、あああ、ドライでイキます」

まくられたフリルスカートの中央にある史佳の肉棒は情けなくなるくらい縮んだままで、先端からだらだらとヨダレを垂れ流している。

勃起せずに達しようとしている身体にも、史佳は女として高揚感を覚えながら、マットを掴んで仮面の男に訴えた。

「いいよ、イキなさい」

男の腰の動きが速くなり、怒張が激しくピストンを繰り返し前立腺が歪む。

アナルを開かれた際の強制的な排便感と、前立腺からの牝の快感。さらに腸壁を擦られる心地よさまで加わり、十六歳の少年は一気に頂点に向かった。

「あああっ、イク、史佳、あああ、イクっっっっっっっ」

雄叫びのような声をあげて史佳は派手に背中を弓なりにし、大きく開かれた両脚をガクガクと震わせた。

最後のとどめとばかりに怒張が強く突き立てられ、全身がバラバラになるかと思うくらいに痙攣した。

「ああぁっ、はうううん、すごい、あああん、あああ」

ドライオーガズムは断続的に何度も続く、そのたびに史佳は牝の絶頂に溺れながら、大きな瞳を恍惚とさせて浸りきった。

「すごいわ、最高の画が撮れたわね」

絵麻も興奮気味に撮影を続けている。鈍く光るレンズを見つめながら史佳は、あとから大勢の人が自分のイク姿を見ている様子を想像し、マゾの興奮に震えていた。

「ふふ、すごくいい牝になったね、史佳ちゃん、おじさんは嬉しいよ」

史佳の発作がようやく収まってくると、また硬化したままの怒張の動きを止めた男が大きく息を吐いて仮面をずらした。

「そ、そんな……おじさん、どうして」

ステージの上で男がいきなり素顔を見せたことにも驚いたが、さらにその正体が知った人間であったことに史佳は絶句していた。

男の名は新村良次、グラビアカメランとして有名で父とは古くからの親友だ。そして妹の史乃に女優になりたいのならアイドルから初めてはどうかと絵麻を紹介してくれた人でもあった。

「お、おじさんが、ああ、なぜ」

史佳も、もちろん史乃も幼いころから遊んでもらったりしていた優しいおじさん。その人がなぜ自分のアナルを犯しているのか、とても現実だと受け入れられず、これは夢かなにかかと史佳は思った。

「グラビアカメラマンをやってると毎日裸やそれに近い女ばかり見てるし、抱いてきたりもしてきて飽きあきなんだ。もう私は君のような子でないと興奮しないんだよ」

見たこともないような、ギラギラをした瞳になった新村は、史佳のブラウスのはだけた胸元に手を伸ばして乳房を揉んできた。

「成長した君のアナルを犯したいってずっと思ってたんだよ。だから絵麻さんにも協力してもらったんだ」

新村は史佳の乳首を弄(もてあそ)びながら、腰を再び前後に動かしはじめた。

「あっ、動かないで、ああ、いやっ、もういや、あっ、あああ」

腸内で硬化したまま佇(たたず)んでいた怒張が腸壁を掻き回し、的確に前立腺を突いてきた。

先ほどの絶頂で熱くなったままの前立腺が強く痺れ、湧きあがる快感に史佳はアイドル衣装の身体を震わせた。

「あああ、いや、はあああん、だめえ、あああん、あああ」

彼の口ぶりからして最初から史佳は牝にする計画だったのか。だとしたら妹は利用され、自分は罠に嵌められたのだ。

あまりにひどい話にショックが大きいが、肉棒が動きアナルの開閉が始まると、Vの字に開いた脚の先までジーンと痺れて言葉など出ない。

ただここで必死に抵抗したとして、いまの状況をかえられるのだろうか。

（ああ……だっていやらしい女の子にされちゃったんだもん……）

もう大人たちの思うさまに、ステージで生き恥を晒し、女としてイキまくるしかない。そしてそれが自分にとっても幸せなのだと史佳は開き直るような気持ちになった。

「あああっ、あああん、いい、ああ、おじさんのおチ×チン、ああ、すごい」

妹の夢さえ、彼女の行く道さえ明るければそれでいいのだと、史佳は快感に身を沈めていった。

「おお、腸が動いてきたぞ、いいケツマ×コだ、史佳ちゃん」

ずっとフミヨシと呼んでいたはずの新村も、女としての名を連呼しながら上半身を覆いかぶせるようにして腰を振りたてた。

男に押しつぶされているような感覚もまた史佳の女の感情を煽りたてた。

「あああん、だってだって、あああん、気持ちいいの、あああ、おじさん、ああ」

史佳は下から彼に強く抱きついてよがり泣いた。信頼していた人に裏切られていたという悲しさも忘れて、ただ肉欲に没頭していた。

「あああ、はあああん、史佳、またイク、あああん、ケツマ×コでイッちゃう」

初めて聞いた言葉でも意味ははっきりとわかる。性器は男でも、それ以外は完全に女となった自分にふさわしい言葉だ。

史佳は腰を上に突き出すようにしながらピストンされる怒張を貪る。

「あああん、あああっ、またイク、あああ、史佳、ドライしちゃう」

夢中で新村を抱きしめながら史佳は二度目の絶頂に向かう。胸の奥が熱く満たされるような甘美な快感に全身が蕩けていった。

「俺も出すぞ、史佳ちゃん。おおお」

彼もまた限界のようで怒張をさらに強くピストンしてきた。肉竿を締めつけているアナルが大きく開いたりすぼまったりを繰り返す。

「あああっ、出してください、あああ、史佳のお腹におじさんの精子ください」

ついには中出しまで求めて史佳は新村の下でのけぞった。こうなればとことんまで自分を奪われたい。

そんな淫情に燃えて叫ぶ美少年をみんなが息を飲んで見つめていた。

「ああっ、イクぅぅぅぅぅぅぅ」

二度目もまた激しい快感に呑み込まれながら、史佳は懸命に覆いかぶさる新村にしがみつき、脚でも彼の腰を締めつけてのぼりつめた。

背骨がバラバラになるほどの絶頂感に身も心も歓喜していた。

「ううっ、俺もイク」

最後は深くに怒張を押し込み新村も腰を震わせた。ドロリとした精液が腸を遡ってきた。

「あああっ、来てる。あああん、おじさんの精子、あああ。ああ」

腸のさらに深くに男に熱い粘液が流れ込んで染み入ってくる。妊娠するはずはないのだが、新村に自分のすべてを捧げているような感覚を史佳は覚えた。

「あああっ、はあああん、もっと、ああ、ください。ああ、中出し、すごくいい」

それは牝の悦びであり、強い牡の精子を身体に受けとめることに史佳は満足していながら、もうすっかり乱れたアイドル衣装の身体を痙攣させつづけた。

「最高だよ。俺が見込んだとおり、君は最高に女になった」

「ああ……おじさん、ああ、史佳、幸せです」

感情の昂るがままに史佳は自分から新村にキスをした。もう恨む気持ちなど微塵も持てず、自分が女になるきっかけを作ってくれた男に感謝さえしていた。

「ふふ、じゃあ、史佳ちゃん。身体のほうも女の子になってみようね」

新村の舌を貪ったあとマットにぐったりとその身を横たえた史佳のそばに、いつの間にか沙貴がいた。

膝をついてしゃがんだ彼女は、史佳のしわくちゃになったブラウスの袖をまくりあげてきた。

「えっ、まさか、いっ、いや、それは」

沙貴の手に注射器があるのを見て史佳は直感的に悟った。自分も同じステージに立っていた光のように、睾丸を取る手術をされてしまうのだと。

「平気よ、あなたは生まれ変わるの」

抵抗しようとしても連続してドライオーガズムを迎えた身体に力は入らない。

腕を押さえつけられ注射器の針が入ってきた。

「いっ、い、いや……」

すぐに目の前が暗くなっていき、霞む視界に妖しく微笑む絵麻の顔があった。

第六章　衆人環視のダブル絶頂

目が覚めたとき、史佳は壁の白い病室のベッドに横たわっていた。

心配そうにしていた史乃に勝手に手術まで受けるなんてと怒られた。これは強制的にされたのだと妹の前で叫びたかったが言えるはずもなかった。

「さあ、いよいよ包帯を外すわよ」

それから十日以上経ってから、股間に巻かれていた包帯やガーゼを外しに主治医である沙貴がやってきた。

ここは沙貴の病院にある部屋のひとつで、彼女は毎日のように回診にやってきた。

ただ今日は絵麻や真希もいっしょに来ている。

「ああ……」

ベッドの横に立たされた史佳はパジャマの下だけを脱がされた。てきぱきと肉棒の周りを取り囲むように巻かれてる包帯が外されていく。

テープで留められたガーゼも取り去られ、手術のためか陰毛もすべて剃られている股間が晒された。

「よしよし、傷もほとんど目立たないわね。うまくいったわ」

立ち尽くす史佳の肉棒を指で摘まんで持ちあげた沙貴は満足げに笑った。

柔らかく萎えたままの肉棒はさらに少し小さくなっている。その奥にあるはずの睾丸を収めている袋がきれいさっぱりと消え去り、数センチの傷痕が二ついていた。

「あっ、あああ……いやああ、あああああ」

タマのなくなった自分の股間。それを見ていたら自然と涙が溢れ出てきた。

肉体を改造されてしまった自分はもう人間ではなくなった。そんな思いに涙が止まらなかった。

「泣くことないわ。とっても綺麗よ。顔も前よりすごく可愛くなってるわ」

すすり泣く、元少年といってもいい史佳の肩に絵麻が手を添えてきた。彼女は手鏡を出して史佳の顔を映してきた。

睾丸を取ると男性ホルモンが減少し、見た目もより女性化する。頬はさらに丸くなり、身体全体も柔らかいラインになっていた。

「ほら、下も見てみなさい」

　残酷なサディストは鏡を史佳の股間に持っていく。そこには玉袋がない股間がはっきりと映っていた。

「いっ、いやあああ、もういやああ」

　あらためて肉棒だけのそこを見た史佳は半狂乱になって絵麻の手を振り払い、彼女の背中を押した。

「出ていって、私をひとりにしてぇ」

　上だけパジャマ姿の史佳は絵麻や沙貴を押してドアの外に押し出してく。最後に真希も追い出してドアを閉めた。

「ああ……こんなのって……ああああ」

　望んでひとりになったが、より絶望感が強くなり史佳はドアの前にへたり込んだ。

　絵麻たちがドアをノックしてくることもなく、史佳は静寂の中で両手を顔で覆って涙を流した。

「も、もういやあ……」

　まだ感覚だけは睾丸があるような気がしている。十六歳にはあまりにつらい現実にただひたすら泣くしかなかった。

「ここも……」

胸のところは一足先に包帯が取れていて、そこにはEカップにまで膨張した乳房があった。

これも最初に見たとき絶望に打ちひしがれたが、今日の股間でとどめを刺された感じだった。

「私の身体……もう女の子なんだ」

パジャマの胸元からお椀を伏せたように膨らんだ巨乳を見つめて、史佳はひとりつぶやいた。

いくら悲しくてももうこの身体を元に戻すことはできないのだ。

(私の全身、いまどんなふうに)

どれだけ涙が溢れていても史佳は男の言葉遣いを忘れてしまっている。もうそこに気を持っていくこともなく、フラフラと洗面所に入った。

この部屋は特別な患者向けの個室らしく、トイレやシャワールームまで完備されている。

歯磨きなどができる洗面スペースの正面には大きな鏡があった。

(見たくないけど……見ないわけには……)

いつかは自分の肉体をはっきりと確認しなければならない。自分の身体を無視することはできないのだと、史佳は下を向いたまま鏡の前でパジャマの上を脱ぎ捨てた。

「これが私……」

鏡の中には妹の史乃にそっくりの美少女がいた。色白で瞳が大きく、頬がふっくらとした丸顔が愛らしい。

肩周りも脂肪が少しついて柔らかそうだ。そして鎖骨の下に盛りあがる二つの巨乳も丸みを帯びて美しかった。

「自分じゃないみたい……」

そうつぶやいてしまうほど、史佳の上半身は少年だったころの固さはなくなり、滑らかなラインを持った女体になっている。

「でも下は」

恐るおそる下半身に目をやると、股間に萎えた肉棒がぶら下がっている。ただ腰回りはさらにふっくらとしていて、脚も細いながらに柔らかそうだ。

(お尻も大きくなってる)

ヒップにはなにもされていないはずだが、プリプリとした尻たぶが二回りほどは肥大していた。

女性ホルモンのせいか、完全に女のお尻だった。

「ほんとうに女の子……」

肉棒の存在に違和感を覚えるくらいに、スタイルのいい真っ白な身体だ。

史佳は自分が自分でないようなそんな思いになった。

「自分の身体じゃないのは……確かにそうかもしれない」

胸の前でフルフルと揺れている乳房を両手で揉んでみると、ふんわりとした柔らかさを持っている。

ただ史佳が自分の身体でないと思ったのは、乳房が人工的であるという意味だけではなかった。

「全部、社長や会員たちの好きなように」

女となったこの肉体は史佳の意思にかかわらず、ショーの円形ステージで弄（もてあそ）ばれるのだ。

玉袋がなくなった股間を丸出しにされ、アナルを開かれて乳首をこね回されるのだ。

「あ……だめ……あ、うく」

大勢の人間に見つめられながら辱めを受ける玉無しの自分を想像すると、アナルやその奥にある直腸が強く疼いた。

なにか求めるようにズキズキと軽い痛みを伴いながら、前立腺も脈動していた。

「ああ、だめ。あああ、あああん」

素っ裸で鏡を見つめたまま、史佳は腰をなよなよと揺すった。

鏡の中の美少女は、肩の近くまで伸びた髪とたわわな乳房を揺らしながら、ひとりで全身をよじらせていた。

「あああん、乳首もこんなに硬く、はっ、はあああん」

乳房の先端にある乳輪がさらに広くなった乳首もギンギンに尖っている。もう感情の昂りがとまらなくなった史佳は、両手の指で二つ同時につまみあげた。

「ひっ、ひあああん、ああ、乳首だめえ、あああ」

乳首から頭の先まで強烈な痺れが駆け抜け、史佳は腰を前屈みにして膝を内股気味に擦り合わせた。

鏡に映る顔は一気に蕩けていき、唇は半開きのまま頬はピンクに染まっていた。

「あああ、お尻、あああん、いやあああん」

後ろに突き出し気味になっているヒップの奥の疼きもやけに強くなる。

自分のアナルがヒクヒクと勝手に動きだす。史佳はたまらずに右腕を後ろに回してアナルに指を差し込んだ。

「ひっ、ひああ、あああん、お尻、あああん、すごい」

指先が肛肉を割ると史佳は背中を引き攣らせて喘いだ。手術の前よりもさらに感度が増している気がする。

その快美感は頭が蕩けてしまうかと思うほどだった。

(私は……ああ、穴で感じるスケベな女……)

霞む瞳で自分の股間を見ると肉棒はだらりと下を向いたままだ。男の象徴は静まりかえったまま、尻の穴で感じている。

身体を造りかえられたことにより、さらに女としての性感が燃えていた。

「あああっ、はあああん、史佳、あああん、たまらない、あああん」

指を二本にした史佳は左手を洗面台について身体を支えながら、ひたすらにアナルを搔き回す。

自然に背中がのけぞる。同時に乳房が大きく揺れる感覚もなんだか心地よかった。

「あああん、史佳は、あああああん、エッチな女の子、ああ」

もう自分は女なのだ。そう言い聞かせながら、史佳はアナルを搔き回しつづけた。

「いけない子ね、私たちを追い出しておいて自分はオナニー三昧なんて」

翌日、お昼ごろに絵麻と真希が病室にやってきた。どうやらこの部屋には監視カメラがついているらしく、二人は夜になってもアナルをほじって喘ぐ史佳の姿を覗いていたのだ。

「あああん、ごめんなさい。ああ、絵麻さん。ああ、奥だめ、あああ」

二人は怒っているわけではなさそうだが、オナニー姿を見られていたのを恥ずかしがる史佳を裸にすると、今日は私たちがと言ってアナルと嬲(なぶ)りはじめた。

「あああっ、はううん、あああ、だめです、ああ、激しい」

男根を模したディルドゥをアナルに挿入され、史佳はお尻を掲げて頭はベッドに突っ伏す体勢で乳房や股間を晒している。

ディルドゥは太くて長いうえにイボまでついていて、アナルをこれでもかと引き裂きながら腸壁を擦っていた。

「ふふ、でも史佳ちゃんお尻ばかりでオナニーしてたわよね、そんなに穴のほうが気持ちいいの？」

「は、はいいい、あああん、史佳は、ああん、アナルですごく感じますう」

沙貴の淫らな質問にもなんの躊躇もなく答え、史佳はアナルの快感によがり泣く。

サディスト二人に囲まれ、自分のすべてを晒しマゾの昂りも一気に最高潮に達していた。

「女の子だもんね史佳ちゃんは、でもおチ×チンで感じてもいいのよ。ここでも感じられる女の子って素晴らしいじゃない」

アナルの太棒を呑み込まされている史佳にそう言った女医は、ユラユラと揺れている肉棒に指を絡ませてきた。

「はっ、はうっ、そこは、あ、あああ、ひぃん」

肉棒を軽くしごかれるとそこからも甘い快感が突き抜けて、史佳は悩ましくディルドゥが突き刺さったお尻を振った。

昨日はアナルの快感がすごかったのと、なんとなく怖くて肉棒には触れずにいた。

「ああ、あああん、だめですう、あああ、ああ」

史佳は顔を押しつけているシーツをギュッと摑み、甘い快感に悲鳴をあげた。

肉棒でも充分なくらいに感じている。少しほっとしているところもあった。

「ふふ、勃ってきたわ。小さくなっちゃたけど、感度も硬さもばっちりね」

先はさらに力を込めて硬化してきた肉棒をしごきあげる。彼女の言葉どおり睾丸を取ってからさらに小ぶりになった史佳のモノだがしっかりと勃起していた。

「あっ、あああ、はあああん。両方は、あああ、あああん」

アナルの中に入っているイボ付きのディルドゥの感覚もまたたまらない。

肛肉や腸壁にやたらと突起が引っかかり、突っ伏した身体が勝手に引き攣った。

「おチ×チンでもケツマ×コでも感じてるのね、史佳？」

突きあげられた丸みを増したお尻に高速でディルドゥを出し入れしながら、スーツ姿の絵麻が声を弾ませた。

「ああ、はいいい、ああああん、ああ、両方、ああ、すごくいい、ああああん」

美熟女二人の巧(たく)みな攻撃に、女になった少年は心まで蕩けさせていた。

ベッドに頭を押しつけた身体はずっと腰が蛇のようにくねり、上半身の下ではEカップのボリュームになった乳房が大きく横揺れしていた。

「ケツマ×コとチ×ポって言いなさい」

急に厳しい声を出した絵麻は史佳の真っ白な尻たぶを平手打ちした。

壁の白い病室に乾いた音が響き、次々に打ち下ろされる平手に尻たぶがピンクに染まっていった。

「ひいん、ひん、すいません。ああ、史佳はケツマ×コとチ×ポで感じています」

大きな瞳は涙に潤んでいるがつらいわけではない。痛みもまた完全に自覚しているマゾの性感を刺激し史佳は悦びに震えていた。

（もっとめちゃくちゃにして、史佳を恥ずかしい女にして）

　とことんまで堕ちていきたい、そんな思いに囚われながら史佳は快感に溺れていくのだ。

「この様子じゃ、すぐにステージにも戻れそうね。ふふ、普通なら少し身体も慣らしたほうがいいんだけど、この子ってほんとうに生まれついての淫乱みたいだし」

　尻の痛みに顔を歪めながらも、喘ぎ声が一瞬も止まらない史佳を見て沙貴が言った。

「そうね、光と絡ませてみるのもおもしろいかもね」

　さんざん美少年を堕としてきた二人は史佳のマゾ性や快感に対する許容性も充分に見抜いていて、ショーで嬲られるために生まれてきたようなスターだと言っていた。

「いいわね、史佳。明日にでもステージで生まれ変わったあなたを見てもらうわね」

　いちおう質問している形だが、絵麻の口調は完全に命令だ。言葉に加えてディルドゥの動きもさらに激しくなった。

「あああっ、はあああん、はいいい、ああ、史佳、ああ、ステージに出ますぅ」

　膝を折った下半身を小刻みに痙攣させて史佳は夢中で叫んでいた。玉袋のなくなった股間を見られることに抵抗がないわけではない。

　ただステージの上で会員たちに嘲笑される自分を想像すると、またマゾの昂りに全身が熱くなるのだ。

「あああっ、あああ、史佳。あああああん、みなさんに見てもらいますう」

悪魔のような被虐の快感に逆らえるはずもない十六歳は、本能のまま叫んで背中をのけぞらせた。もうアナルの奥は熱く痺れ落ち、肉棒もずっと脈動していた。

「いい子ね。じゃあ、射精させてあげるわ」

沙貴がさらに力を込めて肉棒を強くしごいてきた。前立腺を責められながら肉棒にも刺激を受けるとドライオーガズムには達しないらしい。

ドライでイキたいという気持ちもあるが、いまは肉棒の快感に史佳は身を任せた。

「あああっ、イク、イクぅぅぅぅぅ」

硬化した肉棒の根元が締めつけられ、股間がギュッとなった。男としての絶頂である射精現象が睾丸を取ったあとも起こるのか不安だったが気持ちよさもかわらない。

「ああん、出る、出ちゃううう」

搾り取るような沙貴の指の動きに導かれるように、史佳は亀頭の先端からビュッビュッと白い粘液を発射した。

以前よりも白さや濃度が薄くなっている気がするが、その分、発射に勢いがあった。

「たくさん出しなさい。タマタマを取っても射精はできるのよ」

「あああ、はい、あああん、はああいい、ああ、イク」

強くしごいてくる指に身を任せながら、史佳はシーツにいくつもの精液のあとを作りつづけた。


退院したあとの史佳には自宅でのふだんの生活があった。そこには妹の史乃がともにいるのだ。

「お兄ちゃん、この瓶なに？」

夜、洗面所に歯を磨きにいくと先に妹がいた。鏡の前に置いてあった容器を手に取って首をかしげている。

「ああ、それは乳液だって。真希さんが必ずお風呂あがりに塗りなさいって」

お互いにパジャマを着た兄妹の他愛もない感じの会話だが、普通と違うのは兄の性別が男ではなくなったことだ。

「ふーん、真希さん、こんなの私にくれたことないのに」

瓶を見つめながら史乃は唇を尖らせている。そんな顔も可愛らしい。

なにより彼女が、兄が睾丸を切除したと知ったあとも、以前と同じように接してくれているのが嬉しかった。

「し、知らないよ。真希さんだって史乃ひとりに渡すわけにはいかないんでしょ」

ひとりにあげたらグループ全員に配らなくてはならなくなると、史佳は言った。

もう妹との会話も完全に女言葉になっている。

「ふーん、学校も行かないのに肌を綺麗にしてどうするんだろうね。よほど真希さんに気に入られてるんだ」

少し拗ねた顔で史乃は歯を磨きつづけている。学校に行かないというのは、史佳は通っていた高校から絵麻が紹介してくれた通信制の高校に転校したからだ。

もう完全に身体が女体化しているので、元のクラスメートに会うことはできないからだ。

「そ、そんなことないよ。たまたま機嫌がよかったんじゃないの」

もちろんだがショーの話を史乃は知らない。絵麻も真希もあくまで女の子にずっとなりたかった史佳に協力しているというかたちだ。

隠しごとを申し訳なく思いながら史佳も妹の横に立って歯を磨きだした。

鏡を見ると薄い色のパジャマの美少女が二人立っていた。

（もうこれからはずっと姉妹として生きていくんだ）

ずいぶんといびつな兄妹になってしまった気がするが、それでも史乃の明るい性格のおかげで救われている。

「ほっぺなんかツルツルじゃん。腹立つ」

史乃は歯ブラシを咥えたまま隣に立つ史佳の頬をつねってきた。

「いひゃい、いひゃいよ」

頬を引っ張られて言葉がまともに出ない。そんななかでも史佳は笑顔だった。


「あれ、社長。その子、前に見たことありますよ?」

事務所の会議室に呼び出された史佳は、真希と絵麻によってアイドル風のデザインの衣装をいくつか着せられた。

妹とよく似た顔立ちの史佳はアイドルの衣装がよく似合うと会員たちにも受けがいいらしく、ステージにもそれで上がるように命じられた。

いわゆる衣装合わせだが、そのうちの一着を着たまま夜に行われるショーに向かうことになり、会議室から出たところで男が声をかけてきた。

「ああ、木村くん。この子は、まあ、ちょっと事情があってね」

背後からの声に振り返ると、そこには木村という絵麻の会社のマネージャーが立っていた。

彼は以前、史佳が初めて女装をした日、いまと同じように声をかけてきた人だ。それからも何度か絵麻や真希の会話に出てきた。絵麻とは別ラインでアイドルを何人か担当しているがすべて売れっ子にしているらしかった。

「おお、以前より可愛くなりましたね。社長の下でデビューですか、じゃなければ僕に担当させてくださいよ」

敏腕と言われるだけあって押しも強い。芸能界という厳しい世界で結果を出しつづけるにはこのくらいでなければならないのだろうと、十代の史佳でも感じられた。

「いやいや、違うって、えーと」

例の地下会場で行われる秘密ショーは、会社のスタッフは誰一人知らないらしい。だからやり手の絵麻も、答えに困っている。

「うーん、だって、史佳ちゃん、男の娘だし、ほんとの名前はフミヨシ。女の子になりたいっていう願望を叶えてやってほしいってある知り合いから頼まれて協力してるの」

横から真希がそう言い、絵麻が少し驚いた顔を見せた。どうやら真希の思いつきの言い訳のようだ。

「ええっ。男って、嘘でしょ、ええっ」

目を丸くした木村は史佳のパンプスを履いた足先から、生脚の膝や装飾がついたフレアのスカート、首元でリボンが結ばれたブラウスの上半身までをじっくりと見つめてきた。

「そ、そうなのよ。あくまで事務所とは関係のない話ね」

絵麻も慌てて話を合わせている感じだ。

「へえー、男なんですか?」

木村は絵麻のほうは見ずに史佳をずっと見つめている。ただ真希の話を疑ってはいないようなのでそれが救いだった。

「いいじゃないですか、社長。この子をデビューさせましょうよ。男の娘アイドルとして」

しばらくアイドル衣装の史佳を見つめたあと、木村は絵麻のほうを見て言った。

「ええっ」

廊下に絵麻と真希に加えて、史佳の驚きの声も響き渡った。木村の感じがどう見ても本気なのでよけいにびっくりした。

もとより史佳が女装をしているのは秘密のショーに出演するためなのだ。表舞台に出るなど史佳はもちろん絵麻も考えていなかったのだろう。

「いまは女装をしてＳＮＳとかしてる子も大勢いますから世間も受け入れるでしょ。もったいないですよ。そこらへんの女の子より遥かに華もあるのに」

あらためて木村は史佳の全身を見た。その視線はいつも会員たちから受ける淫らな感じではなく真剣な眼差しで、なんだかこそばゆかった。

「社長がやらないなら僕にやらせてくださいよ」

木村は押しの強さを発揮して史佳の肩に手を置きながら絵麻に訴えた。

「う、うん、考えとくわ。でもやらせるなら私がプロデュースするから」

さすがの絵麻もタジタジな様子でごまかすように返答していた。


「あああ、ああん、すごい。ああ、あああああん」

いきなりデビューを勧められて驚いていた史佳だったが、地下のステージに上がるとすぐにそんな気持ちは吹き飛んでしまった。

舞台上でアイドル衣装のブラウスを剝ぎ取られ、首にリボンだけをつけた状態で後ろ手縛りにされた。

ロープが使われ、Ｅカップになった乳房の上下も絞り出されていびつに歪んでいる。

「ああん、乳首だめ、あっ、ああん、あああ」

夫婦だという仮面の男女が、新たな姿となった史佳の身体を縛り天井から吊して嬲っている。

妻のほうは乳首を執拗に責めていて、史佳は豊胸手術のあとさらに敏感になっている気がする乳頭の快感によがり泣いていた。

「ふふ、以前よりもエッチになったな」

仮面に顔半分を隠した夫のほうが後ろから史佳のアナルに指を入れてきた。

キラキラとした装飾のついた赤のフレアスカートの中に男の腕が入ってきて、プリプリとした尻たぶを撫でる。

「あっ、ああ、いや、そこは、あ、あああ」

玉袋が消えた跡のところを撫でられて史佳は身をよじらせる。ただすぐに指がアナルを捉えて侵入してきた。

「はっ、はあぁん、ああ、お尻、ああぁん」

敏感さを増しているのは乳首だけではない。肛肉もまた性器としての成長を見せていた。

いまでは少し触れられるだけで、下半身全体がジーンを熱くなって昂っていく。

「ふふ。クイクイ締めてるぞ、史佳ちゃん」

夫は背後から囁き(ささや)ながら小刻みに指を動かしてくる。慣れているというか巧みにアナルの性感を煽ってきた。

肛肉をピストンして開閉させるだけでなく、指先をカギ形に曲げて直腸を軽く掻いてきたりするのだ。

「あああっ、ひううう、そんなふうに、ああ、ああ、乳首も、あああ」

アナルからの快美感によがると、妻のほうが乳首を軽く引っ張ってきた。

もう全身が痺れきっていき、史佳はリボンとロープだけの上半身をのけぞらせて悲鳴をあげるのだ。

「可愛いわね、史佳ちゃん。そろそろ肝心の場所もみなさんに見てもらいましょうね」

黒のイブニングドレス姿の妻は仮面の顔をほころばせる。そして乳首をグリグリとこねながら、史佳の腰にあるスカートのホックを外した。

「あっ、いや、だめえ、あああ」

支えを失った赤のフレアスカートがすとんと足元に落ちた。真っ白な細い脚とだらりとしている肉棒がステージライトの下で晒される。

下を向いている肉棒の奥にはあるはずの玉袋がないのだ。当然ながらそこに会員たちの視線が集中する。

「おお、綺麗だな。素晴らしい」

「やはり玉袋がなくなると、より女っぽく、いや、男と女の真ん中になっていいな」

会員たちは口々に元少年といっていい美しい身体を見て声をあげている。

「ふふ、もっと見せてあげなさい、史佳ちゃんの新しい身体を」

背後で史佳のアナルを責めている夫は、空いている手で史佳は脚を開かせ肉棒を摘まみあげた。

「おおおお」

肉棒が上を向いたことで玉袋の消えた股間が丸出しとなる。史佳は目を背け観客たちは歓声をあげた。

「もう元の身体には戻れないぞ。気分はどうだ」

身を乗り出してそんな残酷な言葉を浴びせてくる会員まで現れた。

「うう……そんな……ああ」

男ではなく、かつ女性にはなれないみじめな身体のまま、自分は生きていくしかないのだ。

あらためてそう自覚させられた史佳は顔を横に伏せたまま、シクシクとすすり泣くのだ。

「ちょっと、ひどいこと言わないで。こんなに可愛い史佳ちゃんが身体もすごく綺麗になったんだから」

妻のほうが客席に向かって文句を言ったあと、乳房を優しく揉み、乳首を摘まんで軽く引っ張った。

「は、はうん、あああああ」

涙を流していた史佳だったが、乳首からの強烈な快感に背中をのけぞらせて淫らに喘いだ。

「そうだよ。アナルも美しいし、ちゃんと女の子のように感じるんだし」

夫のほうは史佳のアナルから指を引き抜くと、すばやい動きでズボンを下げる。

そして勃起した肉棒をすぐに閉じられずに、ぽっかりと口を開いている肛肉に押しあててきた。

「あっ、そんな、あああっ、はうっ」

すっかり性器となっているアナルに熱い肉棒が触れ、史佳は慌てて声をあげた。

突然の挿入に驚いて身をかわそうとするが、後ろ手縛りで吊るされているうえに、両乳首を妻に引っ張られた状態では動くこともままならない。

「あ、ああ、入れちゃだめ、ああ、あああ」

さらには充分にほぐされていたアナルが大きく開き、硬くて逞しい亀頭を呑み込む。

あの初体験の日以来の生の肉棒の感触に、史佳の身体は反応し一気につま先がどうにかステージについているだけの両脚まで痺れていった。

「中もウネウネしていていいぞ、君はこうして男に犯されるために生まれきたのだ」

史佳の後ろ手の身体を抱えるようにしながら、夫は根元まで肉棒を挿入し腰をリズムよく振りはじめた。

「あっ、あああ、そんな、ああ、あああん」

肉棒を入れるために自分の腸やアナルは存在するというのか。いや違う、そう否定したい史佳だったが、どうしようもなくよがり声をあげてしまう。

いつの間にか妻の手が離れた乳房が突きあげに合わせて大きく弾み、白い肌にはもう汗が浮かんでいた。

「ああっ、そこだめえ、ああん、激しい、ああ、あああ」

夫の亀頭が前立腺がある場所を捉えてくる。細身の縛られた身体を何度も強烈な快感が突き抜けていく。

睾丸を取ったあと前立腺がさらに敏感になった気がする。もう女の快感に浸りきるしかないと身体が思っているのだろうか。

「あああん、あああっ、いい、あああ、すごいい、あああ」

そんな史佳の反応を見ながら夫はさらにピストンを速くしてきた。

大きさの増したヒップに彼の股間が強くぶつかり、下から突きあがる怒張が腸壁に食い込み前立腺を歪めた。

「ひあっ、ああああああ、私、ああ、おかしくなるう」

もう目線も定まらず唇は大きく開いて舌まで覗いている。ほとんど自我を崩壊させた美少年は玉のなくなった身体の暴走を受け入れ、悦楽に浸りきっていた。

「いいぞ、史佳ちゃん。エッチで可愛い、最高だ」

煽るように客席からさらなる声が聞こえてきた。もう全員が仮面の顔ごと身を乗り出して、ステージの上で何度も弓なりになる緊縛された美しい身体を見つめていた。

(見て、もっと。いやらしい史佳を)

頭の中まで蕩けるような感覚の中で史佳はマゾ性まで発揮し、脚を開き気味にして股間を見せつけた。

だらりと垂れたままトコロテンの液を垂れ流す肉棒を突き出す。玉袋がなくなった悲しい部分を見られるのもまた心地よかった。

「あああっ、イク、イク。史佳、ドライしちゃう、あああ」

身も心も痺れきった先にはもう絶頂があるだけだ。史佳は大きく唇を割り開いて顔を上に向けて叫んでいた。

「イキなさい、史佳ちゃん。女の子としてイクあなたを見てもらうのよ」

正面に立つ妻がそう言って、ロープでくびり出された巨乳を強く摑んで乳首をつねった。

「ひあああああ、イキます、あああああ、女の子の史佳、イクぅぅぅぅぅぅ」

それを合図に史佳は頂点を極めた。後ろ手の身体が勝手に痙攣を起こし、肉棒を呑み込んでいる下半身が前後にガクンガクンと揺れた。

「あああ、ひううう、いい、ああん、すごいいい、あああ」

舌を開いた唇から放り出し、史佳はもう一匹の獣となってイキつづけていた。

ドライオーガズムの絶頂は何度も湧きあがり、そのたびに史佳は歓喜に身を焦がしながら雄叫びをあげ続けた。

「ああ……はあはあ……ああ……」

それを何度か繰り返し、ようやく発作が収まると史佳は自分を吊っているロープに体重を預けるように脱力した。

まだジンジンと脈打っている感じの前立腺。心の中は絶頂後の幸福感に満たされている。そこに客たちの拍手が降り注いだ。

(すごくよかった)

ほとんどの会員が立って手を叩いている。それを見下ろしながら史佳はこの快感なしでは自分は生きていけないのではないかとさえ思うのだ。

「さあ、史佳ちゃん、もう少しがんばってね。ほら、彼女も来てくれたから」

うなだれている史佳の顔を覗き込んで妻のほうが言った。夫はいまだ硬く勃起した肉棒を史佳のアナルの奥に突っ込んだままだ。

「ひ……光……さん……」

ぼんやりとした意識の中で目を開くと、そこには自分と同じように後ろ手に縛られた乳房の大きな女が立っていた。

正確には女ではない。ショーでも睾丸切除でも史佳の先輩となる光だった。

「ここに繋いで」

光は全裸にロープが食い込んだ身体を、黒服の男に押されて円形ステージまでフラフラと歩み出てきた。

天井からもう一本ロープが下りてきて、光の手首の辺りにそれが繋がれた。

「ああ……史佳さん」

肩より少し上の史佳の髪よりも長い黒髪の頭をこちらに向けて、光は史佳の名をつぶやいた。

二人は向かい合わせに立たされ、互いの張りの強さを感じさせる乳房や萎えている肉棒が触れそうな距離にあった。

「光さん……」

光の瞳はすでに妖しく蕩けていて、細く白い両脚も少し内股にくねっていた。

同じような立場の人間として史佳は彼、いや、彼女がすでに昂りの中にいるのがわかった。

「二人ともとても美しいわね」

妻は光の後ろに回って乳房をやわやわと揉みはじめる。

「ああ、はうん、あああ……」

まだ乳首にも触れられていないのに光はすぐに後ろ手縛りの身体をよじらせた。

天井から彼女を吊しているロープがギシギシと音を立てていた。

「エッチな子ね、光ちゃんは。でも今日はいいのよ。たくさんいい声を聞かせて」

「あっ、あああ、そこ。あああん、光の弱い場所、あああ」

妻の手が光のお尻のほうに降りていった。すぐにぽってりとした感じの唇が開き淫らな声が響いた。

「相変わらず敏感なアナルね。でも、今日はこっち」

片手で光のアナルを嬲りながら、妻はもう片方で前の肉棒のほうをしごきだした。

「ああっ、はああん、あああ、両方なんて、ああ、くうん」

少しためらっているような雰囲気もあるが、光はさらに声を大きくして縛られた身体をのけぞらせている。

アナルの奥の前立腺も責められているのだろうか、光の肉棒はすぐに勃起した。

「あなた、そちらも」

「オッケー」

妻が光の肩越しに顔を出して言うと、史佳の背後にいる夫のほうが史佳のアナルに挿入している怒張を動かす。

もちろん亀頭部は深く前立腺を捉えてきていた。

「ひあっ、あああっ、まだイッたばかり。あああ、あああん」

ドライオーガズムは射精と違い、何度でもエクスタシーを繰り返すのが可能だ。

できるとはいってしまったあとは倦怠感もあるのだが、再び腸壁越しに急所を抉られると史佳はなすすべもなく喘いでしまう。

「あっ、あああん、だめ、ああ、ああ」

すぐに後ろ手の身体が跳ねあがり、光もそんな史佳を見て驚いた顔をしている。

ただ光のほうも妻の二カ所責めに白い肌をピンクに染めてよがり泣きつづける。

「史佳ちゃんもこっちだ」

ピストン運動を続けながら、夫が背後から史佳の肉棒を摑んできた。

トコロテンの液を垂れ流している亀頭を手のひらで弄ぶようにしてしごきだした。

「ああっ、ひうっ、あああん、おチ×チン、ああっ、ああ」

亀頭の裏筋やエラを巧みに刺激され、史佳の肉棒はあっという間に勃起した。

この状態ではドライオーガズムに達しないが、前立腺を責められながらの肉棒責めもまた甘美な悦楽であった。

「ひいん、あああん、あああ、私、あああん、すごくいい」

目の前では光もまた縄にくびれた乳房を弾ませながら、細い腰をくねらせている。

瞳を妖しく蕩けさせ厚めの唇を半開きにしたまま、肉棒とアナルの同時責めに喘いでいるのだ。

「ああ、光さん、あああ、はあああん、おチ×チン、あああ」

「ああ、史佳さん。あああ、そんなに見ないで、ああ」

二人の玉袋を取られ女になった美少年は、互いを意識しながらよがり泣く。

染みなどひとつもない、真っ白な全身を上気させここも女性のように丸くなってい
るお尻をくねらせて喘ぎつづけるのだ。

「おチ×チンどうしを突き合わせなさい、ほら」

史佳の後ろにいる夫が握っている肉棒を前に倒した。妻のほうもその動きに呼応し
て光の勃起したモノを前に出す。

亀頭と亀頭が触れ合い、ちょうど裏筋どうしが密着した。変態夫婦はあうんの呼吸
で肉棒を操りそこを擦り合わせた。

「あああっ、ひあっ、あああん、それだめです、あああ、ああ」

敏感な亀頭の裏筋が擦れ合い、痺れるような快感が根元まで突き抜けていく。

史佳は大きな瞳をさらに見開き、絶叫を場内に響かせた。

「ほら、自分で腰を使うんだ」

夫が史佳のアナルの中にある怒張をリズムよくピストンしだした。それにつられて
史佳の腰も前後に揺れ亀頭も自然に動いてしまう。

「ああ、史佳さん、だめええ。あああん、あああ」

敏感な部分に強い摩擦を感じたのか、光は亀頭をヒクつかせながら吊られた身体を痙攣させて絶叫している。

「あああ、光さあん、ごめんなさい、ああ、あああああん」

同じように後ろ手縛りで天井から吊り下げられた史佳の身体も反応が止まらない。夫の怒張で突かれる前立腺と擦れる亀頭。前後同時の快感に頭がおかしくなりそうだった。

「す、すごい、どうなるんだこれ」

肉棒を突き合わせながら細い身体をガクガクと震わせる縛られた美少年を見あげて、客席の会員たちも息を飲んでいる。

全員の表情が強ばっている感じで、この淫靡なショーに見入っていた。

「あああ、はあああん、見られてる、ああん、あああっ」

大勢の視線を浴びると史佳はさらに快感が高まっていく。伸びた黒髪を弾ませて頭を横に振りいつしか無意識に腰を動かしていた。

「ひあっ、あああ、ああ、光も恥ずかしいわ、ああん、ああ」

こちらのほうも完全に快感に浸りきっている先輩淫女もまた、勃起した肉棒を動かし裏筋どうしを強く摩擦させてきた。

「あああ、もうだめ。あああ、出ちゃいます。ああ、史佳、イッちゃう」

今度は射精の発作が湧きあがろうとしている。恥じらいすらマゾの快感にかえている美少年は射精姿をみんなに見せつけたいという欲望に囚われながらのけぞった。

「あああっ、光も、もうだめええ、あああ、ああ」

互いに縛られたまま腰を振り合う二人は蕩けた瞳で見つめ合いながら一気に頂点に向かった。

もうすべてを捨てて史佳も快感に身を任せた。

「イク、史佳、イクぅぅぅぅ」

「あああ、光、出ちゃうぅぅぅ」

息を合わせたかのように絶叫した二人は、最後に強く腰を突き出した。

亀頭と亀頭がぶつかって裏筋が強く擦れ、先端が上を向いたとき、白い液体が発射された。

「ひいいん、あああっ、いい、ああ、気持ちいい」

互いに睾丸を取ってしまっているせいか、精液は薄めで、その分、勢いよく噴出していく。

向かい合ったこの体勢だと相手の精液の自分の身体に浴びてしまう。

「ああっ、もっと出して、光さん。あああ、はあああん」

胸やお腹にまとわりつく精液にも嫌悪感はなく、粘り気も心地よく思える。

史佳は縛られた身体を激しく揺すりながら射精の快感に溺れ、光にも自分の精液を浴びせた。

「ああん、史佳さん。あああ、私もたくさんちょうだい、ああ」

向こうもまた恍惚とした顔を見せている。禁断の悦楽に溺れる美少年二人に会場もすでに釘づけだ。

「うう、私も出すぞ、史佳」

ずっと史佳の腸内になった夫の肉棒が爆発した。直腸にも粘り気の強い精液が染み入ってきた。

「あああ、出してください。あああん、史佳の身体を精子まみれにしてください」

二人分の精子を全身で受けとめている。そしてそれを大勢の人々に見られている。

汚された自分にマゾの昂りを燃やしながら、光は恍惚と瞳を輝かせるのだった。

第七章　イキ果てるアイドル

マネージャーの木村のデビューさせようという言葉に触発されたのか、絵麻は真剣に史佳のアイドルとしてのデビューを考えると言いだした。

もちろん史佳は無理だと言ったのだが、選択権などあるはずもない。

ただ、絵麻はあくまであのショーのことは秘密にせねばならないので、どうするべきか悩んでいた。

『どうせなら単発の出演とかを調教の一貫としてやってみたらどうかかな。私も協力するよ』

秘密ショーの会員のひとりでもあり、絵麻の古くからの知り合いでもあるテレビ局の役員がそう言ったらしい。

絵麻は同じ美少年を調教して肉奴隷とする趣味を持つ人々の人脈を利用して、芸能界での力を得たようだ。

現役バリバリのアイドルとよく似た顔立ちの兄妹である史佳は、そんな彼女にとってもっとも利用できる牝犬というわけだ。

「そ、そんな、調教って……これ以上なにをするつもりなのです」

ただ十六歳の史佳はそんな大人の思惑など考えは及ばない。目の前の調教という言葉に身を凍らせていた。

テレビ局の役員が協力ということになれば、カメラの前で嬲られるのだろうか。

裸にされて踊らされるわけではないだろうが、絵麻たちの調教はいつも史佳の想像を絶するような恐ろしい行為だからだ。

「そんなに緊張しないでお兄ちゃん。ううん、もうお姉ちゃんだよね」

男の娘アイドル、そんな売り文句をつけられた史佳に用意された舞台は、長く続いている歌番組だった。

史佳は妹とペアで特別ゲストとして歌うことになったのだ。

「そうよ。ほんとうにデビューするとかそんなんじゃないんだから」

テレビの局内にある控え室に絵麻とメイク担当としてきた真希、さらになぜか沙貴までいた。

挨拶回りが忙しい絵麻にかわって史佳の世話をする役目だそうだ。

黒と赤のアイドル衣装に身を包んだ史佳のメイクをする真希が言った言葉は、今回の出演はあくまでテストで、これからずっとテレビに出つづけることが決まったわけではないという意味だ。

「は……はい……うっ」

曲は史乃たちのグループの曲。ダンスや歌もかなり練習を積んできたが、いざカメラの前に立つとなると脚が震えた。

そんな史佳の額に汗が浮かんでいるのは緊張のせいだけではない。

(ああ……お尻に入れたままほんとうに……)

笑顔をこちらに向けている沙貴に史佳はすがるような目を向けた。楽屋のイスに座って真希に髪の毛を整えてもらっているのだが、少しでも身体を動かしたらお尻の奥に入っているディルドゥが腸壁を抉るのだ。

先ほど妹が楽屋入りする前に目の前の女医の手によって挿入されたのだ。

(もし、これがバレたらどうするの……)

身体が女性化していることは知っていても、淫らな調教まで受けているとは妹も知らない。

そもそもディルドゥを入れたまま踊って歌うなど、無理に思えた。

「落ち着いてやれば大丈夫だからね」

意味ありげな笑みを浮かべて沙貴が語りかけてきた。優しげだがその目はサディストの妖しい光を放っていた。

「そうよ、なにかあっても私がフォローするからね」

顔色の悪い兄を心配して史乃が力強く言った。

「う……うん……頼むよ」

もう逃げられない。どうにか歌いきるしかないのだと、史佳は悲壮な決意をするのだった。


「じゃあ、ずっと女の子になりたかったんだ」

司会者の男性がマイクを史佳の口紅が塗られた唇の前に出してきた。

「そ、そうです、子供のころからずっと女の子に憧れてました」

少したどたどしい口調で史佳はどうにか答えた。目の前に客はいないが何台もの大型のカメラが並び、中には人が乗ったクレーンカメラまである。

強いライトで照らされたその空間はまさに現実離れしていた。

「ほんと可愛いですね。肌も綺麗だし」

アシスタントの女子アナも赤と黒の衣装を着た史佳を見て感心している。

実際に男だと言われなければわからないくらいに、史佳は他のゲストであるアイドルや歌手に比べても遜色ない美しさを誇っていた。

「可愛いでしょ、私の自慢のお姉ちゃんです」

デザインは史佳と同じだが色違いの青と黄色の衣装を着た史乃が、女子アナに笑顔で言った。

緊張気味の兄をフォローするために史乃はハキハキと話している。

「兄妹愛だねえ。じゃあ、そろそろ歌に行こうか」

妹のそんな気持ちはほんとうに嬉しい。突然女になった兄にもかかわらずに接してくれている。

申し訳なく思っていると、司会者の男性が二人を誘った。

「はい、そのまま歌に入ります」

番組は録画なので史佳と史乃はＡＤの指示に従って隣のスタジオに移動した。

そこはメインスタジオほど広くはないが、同じように大型のカメラが並び、背後には豪華なセットが組まれていた。

「いくよ、お姉ちゃん」

あえて姉と呼んで史乃が軽く背中を叩いてきた。

「う、うん……」

同時に曲のイントロが流れはじめ、二人は一度身体を寄せてから横に移動していった。

(ああ……お尻の中……動かないで)

沙貴はモーターが入っていないタイプのものだと言っていたが、ダンスで身体の動きが激しくなると腸壁に深く食い込んでしまうかもしれない。

衣装は膝丈だしパンティも穿いているので見た目でバレることはないだろうが、マイクを持ったまま喘いだりしたらテレビにその声が放送されてしまう。

(そんなの……絶対にだめ)

へんな声を出しながら踊る姿を全国の人々に見られてしまうのだ。そう思うとまた脚が震えてきた。

だが一方でアナルの奥がズキズキと疼きだす。マゾの身体は全国に恥を晒したいと思っているのだろうか。

「ああ……うっ、いやっ」

イントロが華やかなメロディに変わりいよいよ本格的にダンスが始まる。

もう迷っている暇はないと史佳は大きく脚を動かして踊り出した。

（いや……あたってる……）

下半身を動かすと当然ながら腸内のディルドゥが中を擦りだす。完全に性器となっている腸壁は軽い刺激にも見事に反応していた。

「ああ……くう……うう」

ダンス自体は過激なものではないが、腸を搔き回される快感に史佳は声を詰まらせている。

しかも、いまから歌が始まる。救いは歌っているときは脚がほとんど止まることだ。

（なんとか……）

最初は妹が歌ってから史佳に繫がるので、どうにか気持ちを立て直して史佳も続けて声を出した。

少し引き攣っているような声色（こわいろ）だが、それは緊張していると思ってくれるかもしれない。

『いいよ二人とも、お兄さん、いや、お姉さんの史佳さんは笑顔がんばって』

すっかり長くなった髪の毛に隠れているが史佳の耳にはイヤホンが装着されている。

初めてのテレビ番組なのでモニタールームからの指示に従えばいいように、配慮されていた。

（私、大勢の人たちの前で歌ってる……お尻に棒を入れて……）

スタジオにいるスタッフだけでなく、モニタールームや隣のスタジオでは司会者や他の歌手たちも見ているはずだ。その前で自分はアナルを嬲られている。

（違う……ほんとうはもっとたくさん……）

録画で放送される番組だが、女装をした自分を無数の視聴者が見つめているのだ。

巨乳化されたバストは豊胸の事実は隠したいので下着で押さえているが、アイドル衣装のスカートのお尻は大きく盛りあがっているし、白い脚は太腿の途中から剝き出しだ。

（きっと同級生たちも……）

退学した学校のクラスメートたち、中学の同級生たちも史佳だと気づくだろう。気持ち悪いと思われるのだろうか。

（ああ……でも私はもう女……ううん、牝犬……）

あと戻りはできない手術をされ、ホルモンの関係で身体や顔もさらに女性っぽく変化している。

もう過去の少年だった自分には戻れないのだ。みじめな醜態を晒して生きるしかないのだと史佳は思った。

（見て……私をアナルにオモチャ入れて踊る変態女なの）

悲しければ悲しいほどにマゾの快感が燃えあがる。アイドル衣装の中で特殊なブラで押さえつけている乳房の先端がズキズキと疼き、アナルや直腸が痺れていく。

「ああ……くうう、ああ……」

喘ぎ声だけは漏らさないように史佳は丁寧に間奏のダンスを踊りだす。動きが大きくなり、昂った直腸を硬いディルドゥが搔き回す。

たが、唇は半開きのまま瞳は蕩けている。この女は明らかに欲情している、そう気がつく人もいるだろうか。

（見て……淫らな私をマゾの本性を……）

あの秘密ショーの会員たちは史佳がアナルに異物を入れて踊っているのを聞いたうえで、この放送を見るのかもしれない。

懸命によがるのを堪えて踊る美少女を見て笑っていることだろう。

（いい……ああ……見て……）

もう挑戦的は気持ちにすらなりながら、史佳はスカートひるがえして踊りつづけるのだった。

社長の絵麻はお試しだけの出演だと言ったが、意外なことに世間の反応は好意的で、歌番組にももっと見たいとリクエストが多く寄せられた。

敏腕マネージャーの木村の勘が正しかったわけだが、ネットなどでも男の娘アイドル、さらには美少女として話題となり、史乃のグループのSNSなどにも問い合わせのメールが殺到した。

「さあ、挨拶にいくわよ、史佳。ちゃんと言ったとおりに挨拶すれば必ず史乃ちゃんのためにもなるからね」

世間の動向に敏感なテレビマンたちから史佳のもとにオファーが殺到した。

歌だけなくバラエティやなんとドラマの依頼まであった。

商売になると絵麻も一気に乗り気になり、史佳は別世界のようなテレビ局やスタジオに通う日々を送っていた。

「はい、わかってます」

もちろんだが史佳はアイドルとして表舞台に立つなど考えてもいなかったし、いまでも気は進まない。

やはり好奇の目で見られることも多いし、なにより自分がほんとうはマゾの牝奴隷としてショーのために調教された人間だとバレる日がくるのではと怯えていた。

「おはようございます、太田史佳です。今日はよろしくお願いします」

番組の改編期に放送される単発のバラエティに史佳は出演することになり、今日はその打ち合わせだ。

会議室に入るとプロデューサーや局の偉い人たちまでいた。

「ほんとうにありがとうね。うちの番組に出てくれて、いやあ、美少女だねえ」

史佳の体調面を考慮するという形で番組などへの出演はかなり制限している。そんななかでこの番組を選んでくれたとプロデューサーたちは感謝していると聞いていた。

「他ならぬ統括部長の絹山(きぬやま)さんの頼みですからねえ」

ふだん着でもスカートにカットソーの史佳の後ろに立つ、スーツ姿の絵麻が笑顔で言った。

ショーにも出演しているという事情もあるので、史佳のマネージャーは社長の絵麻自身が引き受けていた。

「はは、お互い古狸になっちゃったよねえ。でも、どこも取り合いの史佳ちゃんを出してくれて感謝だよ」

絹山部長は絵麻とは古い馴染みらしい。番組製作においてかなりの権力を持っている人物で普通のマネージャーなどは口もきけないと言っていた。

ふだんは演者のブッキングは部下がするが、スケジュールを制限している男の娘アイドルの史佳をなんとか出せないかと絵麻に直接交渉してきたらしかった。

絹山部長は秘密ショーの会員ではないと絵麻から聞かされていた。

「ふふ、可愛いでしょ。じゃあ、約束どおり、この子のお願いも聞いてあげてください」

「そうだったね、なんだい、社長からのお給料が少ないのかい？　ならおじさんが賃上げ交渉をしてあげようか」

絹山部長は冗談ぽく笑って言い。絵麻がちゃんと人並み以上に払ってますと文句を言った。

「い、いえ、そうではなくて……妹のことなんですが」

史佳がいやいやながらもアイドル活動を始めた理由はここにあった。

「おお、もちろん知ってるよ。妹さんもがんばっているよね」

もともと人気アイドルの史乃だが、史佳の登場でさらに知名度があがっている。劇場のほうの入場数も増えていて絵麻はほくほくらしい。

「はい、妹はアイドルを卒業したら女優になりたいと言ってます。なにとぞよろしくお願いします」

史佳は姿勢を正して丁寧に頭を下げた。そう、史佳が女としての自分を全国に晒している理由は史乃のためであった。

これも絵麻の戦略のひとつで、スケジュールの取れない史佳が出演することで偉い人に貸しを作れば史乃が女優になったときのチャンスも増えるというわけだ。

「なるほど。覚えておくよ。史乃さんがグループを卒業するときは連絡ちょうだいよ」

絹山部長は絵麻のほうを見てにっこりと笑った。絵麻はこうして売り込んでおけばきっと史乃の女優デビューもうまくいくと言っていた。

「よろしくお願いします」

史佳はもう一度深々と頭を下げた。

男の娘アイドルとして活躍を始めた史佳だったが、秘密ショーへの出演がなくなったわけではない。

世間的にも注目を集める存在となった史佳が痴態を晒すことに、会員たちはより盛りあがる。

「ああ……はあああん……ああ」

今日の史佳は女性用のボディスーツの白い下着のみを着せられてステージにあがらされている。

ボディスーツはほとんどがシースルーの透けた生地となっていて、きちんとした生地は股間部分だけという煽情的なデザインだ。

「いいぞ、史佳ちゃん。もっとお尻を振るんだ」

場内にはハイテンポなダンスミュージックが鳴り響き、円形ステージの真ん中で史佳はひとり、腰をくねらせて踊っている。

お尻の部分は完全にシースルーなうえ、谷間のところに丸い穴まで空いていて、生の尻たぶが覗いていた。

「ああ、はい……あああ」

今日も満員の会員たちの歓声に乗せられて、史佳は激しく身体を揺らし、乳首まで透けたEカップのバストを弾ませて踊りまくる。

ついにはオリジナル曲でのデビューまで決まり、ダンスのレッスンも受けているので動きもさまになっていた。

（ああ……私……ストリッパーになったみたい……）

股間の肉棒は隠れているが、形は浮かんでいる。完全に男だったころと比べたらサイズは小さくなっているが、それでも膨らみははっきりしている。

乳房はあるのに股も膨らんでいる。そんないびつな身体を見せつけるように、史佳はお尻を揺らし、股を開いて膝を曲げて身体を沈めていく。

「ああ……はうん……もっと見て、あああぁ」

史佳はみじめな姿の自分を見つめられることに酔いしれていた。会員たちの目に欲望がこもるほどに細身の身体の芯が熱く燃えあがった。

「おおっ」

がに股で腰を落としクネクネとリズムに合わせて、生地の穴から谷間を晒したお尻を振りつづける。

会員のため息交じりの声が背後から聞こえてきて、さらに史佳は身体を熱くする。

「史佳ちゃん、こっちも」

正面に座る会員が不満げに声をあげた。史佳は小さな唇に淫靡な笑みを浮かべてから、焦らすようにくるりと身体を一回転させる。

ボディスーツのシースルー生地に透けたEカップのバストがブルンと弾み、お尻が見られなかったボックス席の男が残念そうに見つめてる。

「ふふ、ちゃんと見て、史佳のアナル」

煽情的な白のボディスーツがさらに自分を淫らな女にしている気がする。

史佳はみんなの視線を楽しみながら、やっとそちら側にお尻を向け、今度は脚を伸ばしたまま腰を九十度に曲げて尻を突き出して小さく揺らした。

「おお、いやらしいアナルだな、史佳ちゃん。もう開いてるぞ」

いつも下品なヤジを飛ばしてくる会員がボディスーツに開いた穴の間で、生の姿を見せたアナルを見て大声をあげた。

尻の割れ目の間にあるセピアの肛肉は、彼の言葉のとおりにすでに緩んでいて、指一本くらいなら簡単に入りそうに思えた。

「ああ、見てえ。あああん、史佳のエッチなケツマ×コ」

ふだんはきつくすぼまっている史佳のアナルだが興奮してくると勝手に開き出すと絵麻から教えられた。すぐにほしがるスケベな尻の穴だと。

さらにヒップを後ろに突き出して史佳は露出の快感に酔いしれる。淫らで恥ずかしい自分をもっと蔑んでほしいとマゾの性感を燃やすのだ。

「盛りあがってまいりましたね。では、いやらしい史佳ちゃんをみなさまの手でもっと感じさせてください」

大音量で鳴り響いていた音楽が終わると、今度は一転してスローな曲が流れはじめた。

花道の奥からマイクを手にした絵麻が現れる。ドレスを着た彼女は社長業と史佳のマネージメントで目が回るほど忙しいらしいが、このショーにはよく顔を出している。

ここで美少年のよがり狂う顔を見るのが唯一のストレス解消だそうだ。

「ああ……それは……」

そんなサディスト女に白のボディスーツの身体を向けた史佳は、彼女のもう一方の手に見慣れない道具が握られていることに気がついた。

それは黒い色のプラスティックのボールが同じ色のゴム製の紐で連なったもので、玉のサイズは先のほうではピンポン球くらいだが、手元近くではテニスボールほどにまで少しずつ大きくなっていた。

「うふふ、史佳をすごく気持ちよくしてくれるものよ」

ボールは十個近くはあり、ムチのかわりにしてぶたれるのかと史佳はぞっとした。

だが、絵麻はそれを振り回すことはなく、円形ステージの近くにいる会員のひとりに手渡した。

「おお、一番手は私か、よしよし、史佳ちゃんお尻をこちらに向けなさい」

立ちあがって、玉が紐で連なった道具を受け取った会員が、ニヤニヤと笑いながら手招きしていた。

「ああ……怖いです……」

史佳はおののきながらも、逆らうことなくステージの端までいって四つん這いになった。

もちろんシースルー生地に穴が空いたヒップは客席に向かって突き出している。

「大丈夫だよ。痛い思いはしないからね。さあ、力を抜いて」

男は先端にあるいちばん小さいボールを手にすると、史佳の口を開き気味のアナルに押しつけてきた。

「あっ、はうっ、あああああん」

肛肉が拡張される感覚があり、腸内に硬いボールが入ってきた。露出の昂りにすっかり熱くなっている腸壁に冷たいプラスティックが触れて史佳はのけぞった。

「じゃあ、次は私ね」

四つん這いの身体の後ろで声がしてそちらを見ると、以前史佳を嬲ったこともある女優が二番目のボールを入れようとしていた。

「ああっ、ひうっ、だめ、あああぁん」

二つ目はサイズが大きくなっているのでより肛門が開く。だがそれもいまの史佳にとっては心地よく、艶のある声を場内に響かせた。

「ふふ、次は私だね」

次々に仮面の男女がステージ下に来て、史佳の突き出された桃尻の中にボールを挿入してきた。

「あああっ、ひあっ、あああ、お腹がいっぱいに、ああ、あああ」

五個、六個と玉が直腸に入ってくると、中で硬いボールが渋滞する。そこでもかまわずに次々に押し込まれるから圧迫でお腹が裂けそうだ。

「大丈夫だよ、おお、ちょっとお腹が張っているかな」

ボールを入れていない仮面の男が史佳の下腹を手のひらで押しながら揺すってきた。

「ひうっ、だめえ、ああ、あああぁん」

すると腸の奥のほうをボールが掻き回し、腸壁の快感だけでなく前立腺も押されてたまらない。

白のボディスーツを着た四つん這いの身体をガクガクと揺らして史佳は快感に浸りきる。

「さあ、最後の一個よ」

最後は女性の会員が力をこめてテニスボール大の玉をグリグリとねじ込んできた。

「ひあっ、あああん、ああああ」

驚くくらいにアナルが拡がって裂けそうだが、もう史佳にとってはそれもまた気持ちいい。

頭を起こして唇を割り開き、雄叫びのような声をあげていた。

「さあ全部入りましたところでお次は……」

苦痛と快感が腸内で混ざり合うような感覚のなかで、呼吸を荒くしている史佳の前に絵麻が再び立ち、手を引っ張った。

「ああ……これ以上なにを……うっ」

引かれるがままに立ちあがると、腸を埋め尽くしているボールが動き、史佳は顔を引き攣らせた。

十個以上もある玉が腸壁をグリグリと弄(もてあそ)び、快感に腰が震えた。

「うふふ、入れたまま踊るのよ。さっきと同じ曲を」

「そ、そんなっ」

サディスト女の言葉に史佳は目を見開いた。腰をくねらせる大胆な踊りはなにもない状態でも息があがるくらいに激しい。

それをアナルに異物を入れた状態で踊れるはずがないと史佳は涙目で頭を振った。

「踊れなかったらボールを追加しちゃうわよ。まだ予備がもう一本あるから」

妖しく瞳を輝かせた女社長は怯えて立つ美少年の頰を撫でた。いまでも呼吸が止まりそうなくらいに腹部か圧迫されているのに、さらに十個以上もボールを追加されたらほんとうに腸が裂けてしまうかもしれない。

「さあ、始めるわよ」

史佳がつらそうな顔をするほど絵麻は瞳を輝かせる。彼女は容赦する様子もなくスタッフに合図をして後ろに下がっていった。

「ああ……あっ、あああああ」

もう踊らなければ仕方がない。同じ振り付けを行うべく史佳は大きく脚を踏み出すが、強くボールが直腸内で動いた。

「はっ、はうううん、あああ」

強烈な痺れが下半身のすべてを震わせ、ふらついた史佳は転びそうになるがなんとか堪えて踊ろうとする。

ただ膝に力が入らない状態ではまともにダンスできるはずもなかった。

「そんなへっぴり腰じゃ、踊っているとは言えんぞ」

客席からも容赦のないヤジが飛ぶ。ただ会員たちは、喘ぎながらどうしようもなく腰をくねらせる美少年にどこか満足げだ。

「ああ、だって、ああん、あああ」

腸内のボールもいっしょに踊っているような感覚があり、硬いそれが腸壁を強く擦り快感が突きあがる。

いつしかお腹が裂けそうな感覚にも慣れてきて、史佳は甘い痺れに浸っていった。

「あっ、あああ、はあああん、史佳、あああ、おかしくなってます、ああ」

まだダンスはまともに踊れていない。ただ腸の中でボールが暴れる感覚はたまらなく心地よく、史佳は腰だけは大きくよじらせつづける。

ヒップの割れ目からアナルとボールから繋がる紐を尻尾のように飛び出させた史佳は、前屈みになりシースルー生地のボディスーツの身体を悩ましげに揺らしていた。

「おお、来た」

そんな状態が続いたあと、流れているダンスミュージックの音量があがった。

同時に花道の奥の出入り口から、ビキニパンツだけの黒人が二人飛び出してきた。

「えっ!?」

会員たちの目につられてそちらも見た史佳も驚きの声をあげた。

黒々とした筋肉質の身体の二人は、小柄な史佳よりも遥かに身長も体格も大きく、大人と子供くらいの差があった。

「ヘイ、史佳ちゃん。楽しみましょうね」

黒人の男のひとりが恐怖に固まっている史佳に明るく声をかけてきた。

彼は同時に史佳の両手首を背後から摑み、大きく動きだした。

「きゃっ」

可愛らしい声をあげた史佳はほぼ強制的にペアダンスを踊らされる。黒い肉体の前で白く細身な身体が操り人形のように舞った。

「あっ、あああ、だめ、あああん、ああ」

引っ張られているのは腕だけなので、脚は懸命に動かしてついていくしかない。ひとりのときのように動きをセーブするなど不可能なので、脚が躍動してお尻がねじれたりすると腸内のボールが暴れに暴れた。

「あああ、はあああん、死んじゃう、あああ、ひいいん」

腸内を埋め尽くしたボールがグリグリと壁を抉(えぐ)り、強烈な快感が頭の先まで突き抜けていく。

白のボディスーツに透けた巨乳がブルブルと弾み、尖りきった乳首もいっしょに踊る。

「あああ、激しくしないで、ああああん、ああ」

黒人はダンサーなのか息ひとつ切らさずに史佳の身体を操っている。アナルのボールを呑み込んだままのペアダンスはどんどん激しさを増していた。

「ひいん、あああ、あああん」

乳首が透けた胸を突きだすようにのけぞったあと、史佳は腰を前に折った。

もう脚が痺れて力が入らない。男に腕を摑まれ支えられていなければその場にへたり込んだだろう。

「おお、史佳ちゃん、もうギブアップかい。いいよ、お兄さんたちがしてあげるよ」

もうひとりの黒人も流暢(りゅうちょう)な日本語で話し、史佳の脚を摑んだ。黒人二人は頷(うなず)き合ってから史佳の身体を左右から挟むように立ち、膝の裏を持ちあげた。

「きゃあああああ」

小柄で華奢な史佳の身体は両脚と腰を左右から支えられて簡単に担がれた。

空中で両脚がM字開脚になり、股間が開かれてボールに繋がる紐が垂れ下がるアナルや玉袋がなくなった肉棒の根元の辺りが、ボディスーツの穴から丸出しになった。

「さあいくよ、史佳ちゃん」

男たちは豪快に史佳の身体を振り回し、円形ステージを縦横無尽に動き回る。

「きゃあああ、あああん、いやあああ、あああん」

床よりも高いステージでさらに身体を持ちあげられている。その落差に恐怖する史佳だったが常に両脚を動かされているので、腸の快感も強い。

「あああっ、はううん、あああっ、だめえ、あああ」

恐怖と快感のなかで史佳は瞳を妖しく濡らしながら喘ぎつづける。ボディスーツの身体が揺すられるたびに押し寄せる快感に意識が朦朧としてきた。

「そろそろコイツを取っちゃおうか、史佳ちゃん」

黒人ダンサーのひとりがそう言って動きを止めた。ちょうど円形ステージの真ん中の位置で史佳は宙に浮かんだままM字開脚でみじめな股間を晒していた。

「いくよ、まずは一個目」

筋肉質の黒人は史佳の脚を片腕で支えたまま、アナルから伸びている紐を引いた。紐の先端にはリングがついていて、そこに指を通してゆっくりと引いていく。

「だめっ、ひあっ、ああああ、はあああん」

最後に入れられたテニスボール大の玉がアナルを拡張しながら顔を出した。

強制的に排便させられているような快感に史佳は大きなよがり声をあげた。アナルが拡張されることそのものがとてつもなく気持ちよかった。

「あああ、ああ、開いてる。あああん、ああああん」

頭まで痺れて見る余裕はないが、肛肉がかなり外側にまで引きずり出されている感覚がある。

アナルの快感に目覚めきっている肉体は、シースルー生地に透けているお腹の辺りをヒクつかせながら震えていた。

「はい、二個目」

「ひっ、ひあああ、ああん、だめええ、あああああ」

最初の玉よりもひと回り小さなものがアナルを拡張した。紐で繋がっているので引っ張るたびに腸内に入っているボールも動いてたまらなかった。

「あああ、ひうっ、ひうっ、あああ、あああ」

玉が肛肉を引っ張りながら外に出ていく。アナルからなにかを出すという行為がここまで感じるものなのか。

史佳は途切れ途切れになる意識のなかでなにかの液体にまみれて光るボールを見つめていた。

「じゃあ、最後はお客様に引いてもらおうか、そちらの方」

紐を引いていたほうの黒人がそう言って、史佳のM字開脚の身体ごと円形ステージの端に移動する。

指名されたのは男性客で仮面の下の口元をにやつかせながら立ちあがり、黒人から紐の先にあるリングを受け取った。

「はは、では残りは一気に抜きましょうか」

白髪のあごひげを生やした男は紳士然とした口調で恐ろしい言葉を言った。

「えっ、ええっ、そんな、無理です。やめて」

いまアナルの外に出ているボールは二個。少しずつ小さくなるとはいえ、ゆっくりであんなに感じてしまった玉を一気に引きずり出される。

そうなれば自分はどうなってしまうのだろうか。史佳は見当もつかずにただ恐怖して涙を流した。

「大丈夫だよ。それ、いくよ」

容赦のない男はボールの連なる紐を一度、ピンと張りつめた。そこから一気に身体も使って紐を力強く引いた。

「ひっ、ひあああああ」

腸内のボールが勢いよく外に引き出されていく。そのたびにアナルが大きく開き、そしてすぐにすぼまるのを繰り返した。

「ひいっ、ひあああああ、イク、イク、イク、あああああ」

アナルから玉が飛び出していく快感が連続してやってくる。カッと目を見開いた史佳は抱えられた白のボディスーツの身体を痙攣させ、M字開脚の脚をガクガクと震わせてイキ果てた。

初めて味わうような強烈な感覚で思考も及ばないが、自分がイッているのだけはわかった。

「あああ、ひいい、イク、あああ、あああ」

最後の一個が引き出されて玉が宙を舞った。なにもなくなったあとも史佳は大きな瞳を泳がせながら、腰を振って叫んでいた。

「ああああ、ひいい、あああ」

玉が去ったというのに身体の痙攣が止まらず、史佳はただひたすらに見あげる会員たちの前で叫びつづけた。

「もう落ち着いたかな」

黒人のひとりが、円形ステージの真ん中にへたり込んだままうなだれている史佳の頬を撫でてきた。

「ああ……いや……」

手脚を押さえられているわけではないが、史佳はほとんど動けずに苦しげに息を吐くばかりだ。

（私……ケダモノになった……）

アナルから一気に玉を引き抜かれたとき、開放されたアナルの快美感に一瞬意識が飛んだ。

本能に任せて絶頂に酔いしれ、雄叫びのような声をあげて持ちあげられた身体を痙攣させた自分。

もう人として終わってしまったかのような、そんな気持ちだ。

「なかなかよかったぞ、史佳ちゃん。君は天性のマゾ牝だな」

円形ステージのすぐそばにいる仮面の会員のひとりが、ボックス席でワインを呑みながら史佳に言った。

他の会員たちも頷きながら、目だけを隠した顔をほころばせている。

「ああ……私は……マゾの牝……」

蔑(さげす)みを拒否する気持ちはもう史佳にはなかった。そう、もう自分はただ牝犬となったのだ。

人前で嬲られ醜態を晒すことに欲情する変態なのだ。現にいまもまだアナルや直腸がズキズキと疼いている。

まるでさらなる刺激を望むような自分の肉体に史佳は悦びを感じていた。

「ふふ。エッチな顔だね、史佳ちゃん。そろそろ再開しようかな」

黒人のダンサーはかわらず二人いる。そのひとりが大きな手を史佳の腋に差し入れ、軽々と立たせた。

「ああ……まだなにか……」

また身体の嬲られるという恐怖心はあるが、逞しい腕で抱えられると身体から力が抜けていく。

そしてアナルやその奥がジーンと熱くなり、心まで痺れていくのだ。女として牝として力強い牡に史佳の心はときめいていた。

「さあ、裸になろうね」

黒人は史佳の白いボディスーツの肩紐に手をかけると力任せに引き裂いた。

シースルーの生地はあっという間に引き裂かれ、Eカップの巨乳がピンクの乳首とともにこぼれ落ちた。

「あっ、だめ……」

さらに二人は残りのボディスーツもどんどん引き裂いていく。ウエストやお尻が露出し、ついには肉棒まで飛び出すが、史佳は抵抗する様子は見せない。

彼らにされるがままにボロボロになりたいという被虐的な感情に支配されていた。

「顔はベイビーだけど、身体はエッチだねえ」

ひとりが正面に立ち、全裸となった史佳のバストを揉んできた。そしてもうひとりが後ろから史佳のアナルに太い指を入れてきた。

「ああ、あああん、やあん、両方は、あああ、いやあん」

会員たちにもここで抱かれたが、アナルは二本にされて同時は初めてだ。女の象徴でもある乳房を黒い指が吸いつくように揉み、アナルは二本にされてピストンされている。

男の体温を肛肉や肌で感じながら、史佳はさらに燃えあがっていった。

「あああん、いい、ああ、ああ、史佳、ああ、乳首が痒い」

二人の黒人に挟まれた元美少年は整った顔を崩しながら、うっとりとした顔でおねだりする。

その異様な様子に会員たちもついに黙り込み、ただ息を飲んで見つめるのだ。

「ここかい、史佳ちゃん」

焦らすように乳房は揉んでも乳首には触れなかった正面の黒人の指。それが満を持してズキズキと疼く両乳首をつまみあげた。

「ひいいいい、あああ、いい、そこ。あああん、気持ちいい」

彼の脚に自分の細く白い脚を絡みつかせるようにしながら、史佳はのけぞり乳首の快感に酔いしれた。

腰が勝手に前後に動き、背中が波のように大きくくねった。

（ああ……いま私イッちゃった……）

自分でも信じられないが、乳首を強く引かれた瞬間、確かに史佳は達していたように思う。

胸の奥にあるジーンとした幸福感がそれを示していた。

「ああ、ああああん、もっと、ああああん、あああ」

黒い腕の辺りに手を添えて、史佳は激しく喘ぎながら切ない目を向けた。

もう欲望に対する歯止めが利かない。彼らに責め抜かれ気が狂ってしまってもかまわないと、史佳は一糸まとわぬ身体をくねらせるのだ。

「ねえ、史佳ちゃん、ボクも忘れないでよ」

後ろにいる男が史佳の手を引っ張って、自分の股間にあてがった。

すでにビキニパンツはずらされていて、勃起した肉棒が剝き出しだ。

黒人の男の肉棒は信じられないくらいに長く太かった。しかも硬さもかなりのもので史佳は圧倒された。

「ひっ、こ、こんなに……」

「ふふ。入れちゃうよ、史佳ちゃんのアナルに」

背後で男は楽しそうに腰をくねらせている。この巨大なモノが自分の中に入ったらお腹の中まで貫かれそうだ。

「ああ……私……ああ……」

身体が壊れてしまうかもしれないという恐怖はあるが、それ以上に史佳は前立腺をこの長大な逸物で抉られることへの期待感に震えていた。

腸壁越しにどれだけのきつさで快感の源泉である前立腺が歪まされるのだろうか。

想像しただけでアナルが疼き、玉袋のなくなった股間がジーンと痺れるのだ。

(きっとおかしくなってしまうわ。それもこんなに大勢の前で)

直腸に黒人の肉棒を受け入れてケダモノとなった自分を囲む仮面の人々。被虐の昂りまで加わり史佳はお尻を彼に擦りつけるように揺らすのだった。

「ふふ、もうほしくてたまらないみたいだね。いいよ、ボクのおチ×チン最高だよ」

後ろの黒人がそう言うと、前の男も頷いて史佳の乳房から手を離した。

前の男は史佳の肩を支えながら腰を九十度に曲げさせていく。

「さあいくよ」

ステージの上で前後を黒人に挟まれて立ちバックの体勢をとらされた美少年。そのプリプリとしたヒップに黒く巨大な怒張が入っていった。

「ひっ、ひあっ、あああ、太い、あああん、あああ」

エラの張り出した亀頭部がアナルを拡張し、肛肉が裂けそうになる。

ただ先ほどテニスボール大の玉で慣らされていたおかげか、それほど痛みはなく快感があるだけだ。

「ひあ、ああああん、すごいい、あああああ」

こん棒のような怒張の巨大さに史佳は腰を曲げた身体をガクガクと震わせる。前の男が支えていてくれなければこの場に崩れ落ちていただろう。

そのくらい全身を激しい快感が突き抜けていた。

「ほら、この辺りだろ、君の感じる場所は。それっ」

少年のアナルを犯すことにもなれているのか、後ろの男は的確に史佳の前立腺がある部分に亀頭を打ち込んできた。

「あっ、ああ、そ、そこう、あああああ、はああああん」

前立腺に硬いものが食い込む感触とともに全身が快感に燃えあがる。一瞬で意識が飛びそうになり、史佳は夢中で叫んでいた。

「いいね、史佳ちゃん、すごくエッチだよ」

前の男が史佳の肩を持ったままパンツをずらした。史佳の蕩けた瞳のすぐ前に二本目の巨根が現れた。

「ああ、んんん、んく、んんんん」

史佳は迷うことなくまだ少し柔らかい亀頭部に舌を這わせていった。自分の唇の中でどんどん肉棒が膨らんでいく感覚もまたたまらなかった。

「中の感じも最高だよ」

挿入しているほうの黒人が一気にピストンを激しくしてきた。長く太い肉茎が前後しアナルが引きずり出される。

「んんん、んはあ、ああっ、ひいい、すごいい、ああっ、お尻壊れるうう」

喘ぎ声が湧きあがり史佳は前の男の肉棒を吐き出して喘いだ。アナルが外に引っ張られる排便感と前立腺の快感が交互にやってくる。

規格外の巨根に史佳は骨盤まで開かれているような感覚を味わいながら、一匹の獣となってよがり狂った。

「あああっ、ひいいいん、史佳、あああ、イク、イク、もうイク」

絶え間なく襲いかかる快感の嵐に十六歳の身体は一気に崩壊した。

ピストンのたびに釣り鐘のように揺れるEカップのバストの先まで、なにもされていないのにジンジンと痛かった。

「いいよ、イキな、ボクも早く出そうだ、おおお」

後ろの男は黒い指を史佳の艶やかな桃尻に食い込ませながら、これでもかと怒張をピストンしてきた。

「はああああん、すごいい。あああ、気持ちいい。あああ、おかしくなりますう」

男としての人生を歩んでいたらこんな強烈な快感を知ることはなかっただろう。すべてこれでよかったのだ。玉のない股間も膨らんだ乳房も、ズキズキする大粒になった乳首も、自分の身体のすべてが愛おしい。

「あああっ、イッ、イクぅぅぅぅぅぅぅ」

牝の快感に酔いしれながら史佳は大きくのけぞった。全身がビクビクと痙攣を起こし妖しく光る瞳が宙をさまよった。

「ボクも出すよ、くうう」

最後に一突き、腸の奥に向かって怒張を打ち込んだあと、後ろの男は腰を震わせた。

腸内で肉棒がさらに膨張し大量の精液が放たれた。

「ああ、出して、あああああん、史佳にいっぱいちょうだい」

温かい精液が腸壁に染み入っていく感触。満足感を伴ったそれは史佳の心を満たしていく。

この黒人に自分のすべてを捧げているのだという思いに細身の身体が震えた。

「あああ、いい、ああん、たくさん出てる」

ドライオーガズムの快感はまだ続いている。史佳は瞳を蕩けさせたまま甘い声をあげつづけた。

「すごいわね、あんなにめちゃくちゃにされても可愛さを失わないなんて、ほんと宝石みたいな子……」

ステージの続く出入り口のカーテンの影で絵麻と沙貴は、スポットライトの下で黒人の肉棒に喘ぐ史佳を見ていた。

ひとり目を射精させたあと、もうひとりの黒人の膝に乗った史佳は、背面座位の体位で開かれた股間を客席に晒して喘いでいる。

「そうね、ほんと素晴らしいわ。いままでで最高の男の娘」

沙貴の言葉どおり、史佳はどれだけ嬲られても悲壮感は見せずに輝きを増しているように思える。

まさに牝になるために生まれてきたような少年だ。さらには男の娘アイドルとしても活躍してくれるのだから絵麻にとってこれ以上はないと言っていい存在だ。

「ふふ、でもまだまだこれからよね」

「そうね、うふふ、もっといやらしく、淫らに堕ちてもらうわ」

アイドルとして成功しているからといって調教の手を緩めるつもりはない。さらに磨きをかけて最高の牝奴隷にするのだ。

(もっともっとあなたを地獄に堕としてあげるわ)

欲望の炎を燃やしつづける美少年に絵麻もまた魅入られ取り込まれている。そんな気さえするのだ。

「ああっ、ひいいいん、いい、気持ちいい、ああ、史佳、あああ、またイク」

ステージ上に座った黒人の腰に跨がり、史佳はただひたすらに肉欲に身を沈めていた。

怒張がアナルを引き裂き、その上では玉のない肉棒がだらだらとトコロテンの液を垂れ流してる。

「あああん、見てください。ああ、史佳のイクところを、あああん」

そんな乱れきった自分の股間を見せつけるように、史佳は両脚を大きく開いて巨大な逸物を呑み込んだアナルを突き出した。

下にいる大勢の仮面の男女の視線が、驚くほどに開いたセピアの肛肉に集中する。

「あああん、いい、史佳、あああん、おチ×チン入れられて幸せ、あああ」

もう淫乱化した自分を隠すつもりもない。直腸を満たし尽くし、前立腺をこれでもかと歪ませる巨根にただ身を任せた。

「ボクも史佳ちゃんとセックスできて幸せだよ」

背面座位で史佳の華奢な身体を抱えている黒人がそう言って、唇を寄せてきた。

「んんんん、んんく、んんんん、ぷはっ、あっ、あああぁ」

顔を後ろに向けて唇を重ねて舌を絡ませる。上でも下でも黒人の逞しさを味わっているとエクスタシーの波が押し寄せてきた。

「イク、史佳、あああぁ、イッちゃう」

黒い肌の膝の上で巨乳を弾ませて背中をのけぞらせる。同時に強烈な快感が押し寄せてきた。

白く細い脚がピンと伸びきって内股が引き攣った。

「はあああん、イク、イクぅぅぅぅぅぅ」

細い身体を痙攣させた美少年はだらりとした肉棒からさらに粘液を垂れ流しながら、歓喜の笑みさえ浮かべてイキ果てるのだった。

◉新人作品**大募集**◉

マドンナメイト編集部では、意欲あふれる新人作品を常時募集しております。採用された作品は、本人通知のうえ当文庫より出版されることになります。

【応募要項】 未発表作品に限る。四〇〇字詰原稿用紙換算で三〇〇枚以上四〇〇枚以内。必ず梗概をお書き添えのうえ、名前・住所・電話番号を明記してお送り下さい。なお、採否にかかわらず原稿は返却いたしません。また、電話でのお問い合せはご遠慮下さい。

【送付先】 〒一〇一‐八四〇五 東京都千代田区神田三崎町二‐一八‐一一 マドンナ社編集部 新人作品募集係

女体化変態絶頂 闇のイキ果てアイドル

（にょたいかへんたいぜっちょう やみのいきはてあいどる）

二〇二二年 四 月 十 日 初版発行

著者◉小金井 響【こがねい・ひびき】

発行◉マドンナ社

発売◉二見書房

東京都千代田区神田三崎町二‐一八‐一一

電話 〇三‐三五一五‐二三一一（代表）

郵便振替 〇〇一七〇‐四‐二六三九

印刷◉株式会社堀内印刷所 製本◉株式会社村上製本所 落丁・乱丁本はお取替えいたします。定価は、カバーに表示してあります。

ISBN978-4-576-22037-6 ◉Printed in Japan ◉©H.Koganei 2022

マドンナメイトが楽しめる！ マドンナ社 **電子出版**（インターネット）……………https://madonna.futami.co.jp/

オトナの文庫マドンナメイト

電子書籍も配信中!!
詳しくはマドンナメイトHP
https://madonna.futami.co.jp

魔改造 淫虐の牝化調教計画
小金井響/絶世の美少年はサディストの女社長に…

悪魔の治療室 禁断の女体化プログラム
小金井響/中性的な大学生の青年が目覚めると……

奴隷契約 恥辱の女体化ペット
小金井響/奴隷契約を結ばされた少年の身体は……

名門お嬢様学園 鬼畜生徒会の女体化調教
小金井響/女子生徒会による想像を絶する改造調教!

奴隷姉弟 [女体化マゾ調教]
小金井響/奴隷となった姉弟におぞましい調教が…。

姉弟と幼なじみ 甘く危険な三角関係
羽後 旭/幼なじみと肉体関係を結ぶも姉への想いは…

おねだりブルマ 美少女ハーレム撮影会
浦路直彦/好奇心旺盛な幼い美少女たちと孤島へ…

美少女変態怪事件
柚木郁人/秘部の異変に苦悩と快楽を味わう少女に…

牝奴隷と牝化奴隷 幼い許嫁の完全調教
柚木郁人/美少女と美少年は何者かに拉致され…

兄妹奴隷(スレイブ)誕生 暴虐の強制女体化調教
柚木郁人/妹の身代わりに美少年は凄絶な調教を受け…

双子姉弟 恥辱のシンクロ強制相姦
桐島寿人/潜入捜査の美しい双子の少年少女が餌食に…

幼馴染みの美少女と身体が入れ替わったから浮気エッチしてみた
霧野なぐも/幼馴染みの美少女と身体が入れ替わって